慟哭は聴こえない

デフ・ヴォイス

丸山正樹

JN090220

旧知のNPO法人「フェロウシップ」から、民事裁判の法廷通訳をしてほしいという依頼が荒井尚人に舞い込んだ。原告はろう者の女性で、勤務先を「雇用差別」で訴えているという。かつて勤めていた警察で似た立場を経験した荒井の脳裏に苦い記憶が蘇る「法廷のさざめき」。何森刑事と共に、急死したろう者の男性の素性を探る旅路を描く、シリーズ随一の名編と名高い「静かな男」など、コーダである手話通訳士・荒井が関わる四つの事件。社会的弱者や、ろう者の置かれた厳しい現実を丁寧な筆致であぶり出した〈デフ・ヴォイス〉シリーズ第三弾。

主な登場人物

荒井《あらい》尚人《なおと》……コーダの手話通訳士。元警察事務職員

荒井みゆき……尚人の妻。埼玉県警の警察官

荒井美和《みわ》……みゆきの連れ子。尚人に手話を習う

荒井司《つかさ》……ろう者。尚人の甥

荒井悟志《さとし》……ろう者。尚人の兄

荒井枝里《えり》……ろう者。悟志の妻

手《て》塚《づか》瑠《る》美《み》……ＮＰＯ法人「フェロウシップ」代表。コーダ

片貝《かたがい》俊明《としあき》……「フェロウシップ」顧問弁護士。中途失聴者

新藤《しんどう》早苗《さなえ》……「フェロウシップ」のスタッフ

何森《いずもり》稔《みのる》……埼玉県警の刑事

漆原《うるしばら》英知《えいいち》……美和の幼馴染。手話を尚人に習う

冴島《さえじま》素子《もとこ》……ろう者。デフ・コミュニティに多大な影響力を持つ
新開《しんかい》浩二《こうじ》……ろう者。自動車整備士
深見《ふかみ》慎也《しんや》……ろう者。自動車整備会社を経営
今岡《いまおか》しのぶ……ろう者。医療通訳を尚人に依頼する
今岡卓郎《たくろう》……ろう者。しのぶの夫
HAL《ハル》……ろう者。モデルとして活躍する
梶原《かじわら》亜希《あき》……HALのマネージャー
秋山《あきやま》弥生《やよい》……ろう者。勤務先を「雇用差別」で訴える

慟哭は聴こえない

デフ・ヴォイス

丸　山　正　樹

創元推理文庫

DEAF VOICE 3

by

Masaki Maruyama

2019

目次

慟哭は聴こえない　デフ・ヴォイス

第1話　慟哭は聴こえない

雑居ビルの一室、狭い応接スペースで向かい合った男は、挨拶を終えるとすぐに数枚重なったA4サイズの紙を取り出した。

「片貝《かたがい》さんからお聞きしております。資料を用意しておきました」

エアコンの設定温度が高めなのか室内はやや蒸し暑かったが、スーツの上下を隙なく着こなしメタルフレームのメガネをかけた多田《ただ》は、人が考える弁護士のイメージを体現したような風貌をしていた。

「前回の接見内容のメモです。依頼者の了解を得た上でお見せしますが完全部外秘のものですのでそのおつもりで」

にこりともせずに書類を差し出してくる。

「承知しました」

一礼して受け取ると、荒井《あらい》尚人《なおと》はそれに目を通した。

「手話通訳」の仕事はいろいろだが、一般的に多いのは「コミュニティ通訳」と呼ばれる、地域での医療や行政手続きの場に公費で派遣されるケースで、その際には個人情報は一切知らされない。通訳内容と相手の名前、落ち合う場所が記された一枚の依頼用紙が送られてくるだけだ。

だがそれ以外、例えば今回のように弁護士事務所から「逮捕・勾留《こうりゅう》されている被疑者との接見通訳」の依頼があった際には、荒井は対象者に関する情報はできる限り教えてもらうことにしていた。聴こえの程度や失聴時期などによって使う手話が異なる場合があるからだ。加えて、当該事件の内容もある程度把握していた方がよりスムーズに通訳することができる。荒井のこのやり方は異例であるらしく、初めて依頼をしてくる弁護士の中には「その場で通訳だけしてもらえればいい、余計なことを知る必要はない」と全く教えてくれない者もいる。

慇懃《いんぎん》無礼《ぶれい》な態度はともかく、多田はこちらの要求を受け入れてくれたようだった。

被疑者は、三十三歳の聴覚障害者の男性。逮捕・勾留理由は、暴行及び傷害。犯行事実としては、被疑者が友人と一緒に居酒屋で酒を飲んでいる際に隣席の男性客とトラブルになり、仲裁に入った店員に暴力をふるった、というもの。通報で駆け付けた警察官にその場で取り押さえられており、店員は全治一か月の怪我を負ったということだった。勾留手続きがとられると同時に、被疑者が国選弁護人を依頼し、多田が選任された。接見は今度で二回目。一回目に頼んだ通訳者の都合がつかなくなり、他の通訳者を探す過程でNPO法人「フェロウシップ」の顧問弁護士である片貝俊明《としあき》に相談したところ、荒井が紹介された、というわけだ。

「ありがとうございました。よく分かりました」

一通り目を通した荒井は、礼を言って書類を返した。受け取ったもののそれを仕舞おうとせず、多田はこちらの顔をじっと見つめている。

何か？　と尋ねる前に、向こうの方が口を開いた。

「何か気になる点でもありましたか」

表情には出していないつもりだったが、自分の態度から何か感じ取ったのか。一、二秒考えてから荒井は口にした。

「事件の内容に関してというより、『表現』についてなのですが」

「はい」

「これは、通訳者の言葉をそのまま書き留めたものですよね。もちろん省略はあるでしょうけど、余計な言葉を足したということはないですよね」

「そうですね」

「一枚目の真ん中あたりに――被疑者が被害者を殴る直前のところですが、『手を振り払ったところ、コップが床に落ちてガチャンと割れ』という記述があります」

多田が手元の書類に目を落とす。

「――ああ、ありますね」

「被疑者の聴こえの程度はどれぐらいですか?」

「聴こえの程度……聴覚障害の度合い、ということですか。生まれつき全く聴こえない、ということです」

「先天性の失聴者ということですね。であれば、『ガチャン』というような擬音語を表現することはまずありません。これは、通訳者の『創作』です。コップが落ちたことは事実にしても、被疑者にはその音は聴こえなかったはずです。ささいなことですし、犯行の経緯に影響はないかもしれませんが、通訳としては正確性に欠けると思います。ほかにも、例えば」

「いや分かりました」多田が右手を挙げ、制した。「もう結構」

「――すみません」

やはり口にしない方が良かったかと思いながら頭を下げた。しかし多田は「いえそうじゃありません」と首を振った。

「分かったと言ったのは、片貝さんがあなたを推薦した理由がよく分かった、ということです。初回の接見で、差別的な言動が絡んだナイーブな事案であることが分かり、『彼らのことをよく知っている通訳が必要』と考えて片貝さんに相談したんです。前回の接見の際、通訳の手話に被疑者が何度か首をかしげることがあったもので……」

多田はそこで初めて笑みを浮かべた。

「愛想は悪いが手話の腕に間違いはない。片貝さんがおっしゃった通りの方のようですね。あなたになら安心してお任せできそうです。どうぞよろしくお願いいたします」

差し出された手を、荒井も精一杯の笑みを浮かべて握り返した。


多田とともに被疑者との接見を終え、留置所を出たのは三時過ぎだった。今日の接見で分かったことに、トラブルのきっかけとして同行した友人との手話での会話を隣席の客にからかわれた、という経緯があった。さらに、止めに入った店員が声を掛けたものの無視された――実際は被疑者には聴こえなかったのだが――ため乱暴に被疑者の肩を摑んだのだという。それで襲い掛かられたと思った被疑者が思わず手を出してしまった――。

「前回はここまで話してくれなかったんです。これだったら不起訴にもっていけるかもしれません」

多田は自信あり気な表情を見せた。被疑者は、日本手話を第一言語とする「ろう者」だった。前任の通訳者は日本語対応手話しか使えなかったらしい。それもあってコミュニケーションが円滑に運ばなかったのだろう。車で事務所に戻るという多田とは警察署の前で別れ、駅に向かった。学童に美和《みわ》を迎えに行くのには十分間に合う時間だった。

JRと私鉄を乗り継ぎ、美和がいる学童クラブには一時間もかからずに到着した。顔見知りの職員たちに挨拶をしながら現れた荒井を見て、美和が「あれ」と意外そうな声を出した。

「アラチャンこれたの」

「仕事が早く終わったから」

「そうなんだ。むりしなくてもいいよ。あたし一人で帰れるから」

「うん、分かってる。無理はしてないから」

そう言うと、美和はようやく納得したように立ち上がり、「じゃあねー、バイバイ」とまだ迎えの来ない仲間たちに手を振った。

学童を利用できるのも三年生までで、来年からは学校が終わったら一人で留守番をしなくてはならない。そのための慣らしの意味もあり、最近では一人で帰宅することもあった。美和は「ぜんぜんだいじょうぶ」と意に介していないようで、今まで何度か経験した留守番も実際何の問題もなかったのだが、それでも荒井は、なるべく遅い時間には仕事を入れないように心がけていた。これからもそうするつもりだ。その分、仕事の範囲が狭まってしまうのは仕方がない。いずれにしても、手話通訳の仕事だけで「親子三人」生活していくことはできないのだ。

一度は辞める決心をしたこの仕事を、結局荒井は今でも続けていた。常勤でもなければ大した収入にはならないが、家計の足しぐらいにはなる。帰りの遅いみゆきに代わって、家事や美和の送り迎えに時間もさける。「主夫」の副業としては最適だからな。しばしば自嘲《じちょう》気味にそう口にしていた荒井だったが、本当のことを言えば、いつかみゆきに言われた言葉に後押しされたのだ。

——あなたにしかできない仕事だから。

それを真に受けたわけではないが、必要とされるのであればもう少しだけやってみよう。そう考えを改めたのだった。

そのみゆきはと言えば、希望が通って今年の春から所沢《ところざわ》署の刑事課に勤務していた。正式に籍を入れるにあたってはいろいろ危惧《きぐ》もしたが、今のところ彼女が閑職《かんしょく》に追いやられたり嫌がらせを受けたりするような事態はなかった。

「初めから心配するほどのことじゃなかったのよ」

みゆきからそう言われれば、「そうだな」と肯《うなず》くしかなかった。

寝室のドアが開き、「ねえ、これでいいかな」とみゆきが声を掛けてきた。

白いブラウスにブラウンの半袖カーディガン、ベージュの膝下丈スカート、という姿にちらりと目をやり、「ああ、いいんじゃないか」と答える。

途端に、苛立った声が飛んできた。

「全然見てないじゃない、適当なんだから！」

「いや、ほんとにいいと思うけど……」慌ててみゆきの方に向き直ったが、もう遅い。リビングとの仕切りの戸を閉め、再び寝室に入ってしまった。

非番なのにいつもよりも早起きをして、朝食や掃除を済ませるとすぐに部屋に籠《こも》り着ていく服を選び始めた彼女から見れば、「適当」と思われるのも無理はない。荒井が「服なんてどうでもいい」と思っていたのは事実だった。

「ほんとアラチャン、女ごころがわかんないのよねー」

美和がわざとらしくため息をつき、母親の後を追って寝室へと入っていく。そんな言い方をいつどこで覚えたのか。最近、みゆきの物言いに本当に似てきた。特にこの一年で、急速に大人びたように思える。

それから十分以上待ったが、二人とも部屋から出てこなかった。

「なあ、そろそろ」

寝室に向かって遠慮がちに声を掛けた。

「分かってる」

不機嫌な声とともに戸が開き、みゆきが出てくる。なんということはない、先ほど荒井が

「いいんじゃないか」と答えた服を着ていた。

「何?」

じろっと睨《にら》まれ、「いや」と首を振る。みゆきはフン、と鼻を鳴らして玄関へと向かった。続いて出てきた美和に、〈大丈夫か?〉と手話で話し掛けたが、美和は無言で首を振ると母親の後について玄関へと向かった。

出る前からこれでは先が思いやられる。荒井は小さくため息をついて二人の後を追った。

三人並んで駅まで向かう道でも、みゆきは服装を気にし、美和に向かって「おかしくない?」「やっぱり紺のワンピースにした方が良かったかな」などと尋ねている。彼女が必要以上にナーバスになっているのは分かっていた。何しろこれから、荒井の「身内」と初めて会食をするのだ。

「そんな改まった席じゃなくてもいいから、紹介ぐらいはしてほしいのよ」

籍を入れる前から、みゆきは何度もそう口にしていた。式も披露宴もしない、ということでは二人とも一致していた。でも親族一同で会う機会はつくってほしい、と。

「だって、あなたの『家族』でしょう?」

もちろん荒井もそのつもりではあった。しかし兄の悟志《さとし》に改まった会食を申し入れるのは気が重く、先延ばしになってしまっていたのだ。「そんなに私を紹介したくないわけ?」とみゆきの声音も変わってきたところでようやく重い腰を上げ、今日の席をセッティングしたのだった。当初はみゆきの母の園子《そのこ》も呼ぶはずだったが、彼女の方から「私は『そのうち』でいいよ」という申し出があった。みゆきはなおも説得しようとしたが、荒井は「無理強いはやめよう」と諭した。

兄一家は、家族全員がろう者の「デフ・ファミリー」だった。園子に偏見があるとは思わない。それでも、そういう彼らと形式ばった席を共にするのは気おくれがするのだろう。荒井にはその気持ちが理解できた。

兄だけではない、亡くなった両親もろう者だった。コーダ——Children of Deaf Adults（聴こえない親から生まれた聴こえる子供）。それが、荒井だった。


なるべく堅苦しい雰囲気は避けようと、駅近くのうどん懐石の店を予約していた。店には、荒井たちの方が先に着いた。

個室に通されてからもみゆきは、「お兄さんたちお店分かるかしら」と案じたり、部屋の隅にあった置物などを眺めている美和を「座ってなさい」と叱ったり、自分の方が落ち着かない。こんな彼女を見るのは初めてだった。

「つかさくん、って言ったよね」

荒井の隣に座った美和が、兄夫婦の一人息子について尋ねる。

「そう、司会の司、と書いてつかさ。まだ習ってないかな」

「知ってるよ。サインネームはあるの」

「どうかな。子供は一人だからな、わざわざ名前を呼ぶ必要もないし」

「中学生だよね」

「そう。今二年生かな」

「ふーん」

自分で訊いておきながら、美和は気のない返事をする。荒井の方が、司ももう中学二年生なのか、と感慨を抱いた。

司とは、いや兄夫婦とて、会うのは母の一周忌以来だ。もちろん入籍したことは知らせたが、悟志からは「おめでとう」の一言もなかった。大方、母の喪が明けて早々に籍を入れたことが面白くないのだろう。昔から、そういうことに妙にこだわる男だった。

約束の時間を五分ほど過ぎた頃、「お連れさまがお見えになりました」という店員の声とともに兄一家が姿を現した。

〈よう〉

ろう者独特の挨拶を荒井に向けただけで、悟志は立ち上がって迎えるみゆきを一瞥《いちべつ》もすることなく、上座へと足を向けた。続いて入ってきた兄嫁の枝里《えり》が、荒井とみゆきに向かって頭を下げる。その後ろについていた司は、身長はすでに父のそれを超えていた。それでいて細面《ほそおもて》できゃしゃな体つきは母親似か。荒井に向かってぺこりと頭を下げた司の視線が、隣の美和に向けられた。

美和の手が動いた。

開いた右の手のひらを左手の甲の上から閉じながら上げ（＝初めて）、両手の立てた人差し指を斜め方向から近づける（＝会う）。自分を指し肯いた（＝私の）後に立てた左の手のひらに右手の親指を当てる（＝名前）。さらに「み」「わ」と指文字で表した後、人差し指を口元から前に出す（＝言う）、続いて鼻の前に拳を当て、前へ向けて出しながら（＝良い）その拳を開いて指を揃《そろ》え、前へ向けて出すと同時に頭を下げた（＝お願いする）。

全体で、〈初めまして。私の名前は美和といいます。どうぞよろしくお願いします〉という意味の手話だ。

司の顔に驚きの表情が浮かんだ。枝里が〈まあ、手話ができるのね〉と嬉しそうに応える。

〈少しだけ〉美和が恥ずかしそうに手を動かした。

〈早く座れ〉

すでに腰を下ろしていた悟志が、眉間にしわを寄せて手招きをする。

〈よろしくね〉

枝里が笑顔で応えながら席に着いた。司は美和に向かって小さく会釈《えしゃく》し、母親の横に座った。

「お飲み物から先にお持ちしましょうか」

個室の入り口に立って彼らのやり取りを興味深そうに眺めていた店員が、荒井に向かって声を掛ける。

「決まったら呼びますので」

「はい。ではお決まりになりましたらテーブルの上の呼び鈴を押してください」

店員が頭を下げて出ていった。

兄一家と向かい合う形で、掘座卓の前に腰を下ろした。悟志はこちらを見ずにメニューを広げている。

〈今日はわざわざありがとう〉

荒井の言葉に枝里が〈お会いできるのを楽しみに〉と手を動かすのを、悟志が制した。

〈挨拶は後だ。先に飲み物を決めろ。俺はビールだ〉

そう言ってメニューを妻の方へ放るようにする。枝里は荒井たちに向かって軽く頭を下げてから、司と一緒にメニューを眺めた。

荒井もそれに倣《なら》って「飲み物を」とみゆきと美和にメニューを渡した。二人は素直に選び始めたが、兄の態度に胸の奥がざらついてくるのを感じていた。他人には腰が低いのに身内に対しては傍若無人《ぼうじゃくぶじん》に振る舞う様子は、ますます死んだ父親に似てきていた。

〈早くしろ〉

自分はさっさと決め、周囲をせかすところなど、まるで生き写しだ。そんな夫に遠慮するように従う枝里の態度も、亡くなった母にそっくりだった。こちらは血のつながりはないのに、同じような性格の夫を持つと似てくるものなのか。

みゆきと美和が、「決まった」とこちらを見た。枝里たちも肯いたので、呼び鈴を押して店員を呼ぶ。

「生ビール二つに……」

枝里がメニューを指さすのを見ながら、「ウーロン茶に、コーラ」と店員に伝える。みゆきと美和はそれぞれ、「私もウーロン茶を」「あたしオレンジジュース」と自分で店員に告げた。

「かしこまりました。お料理は少しずつお出ししていきますので」

店員が下がり、六人が無言のまま向かい合った。最初に口を、いや手を動かさなくてはならないのはやはり荒井の役割だ。

〈紹介するよ、妻のみゆきに、娘の美和〉

みゆきと美和がかしこまって頭を下げる。続けて今度は「音声日本語」で言う。

「こっちが、兄の悟志に、義姉《あね》の枝里、甥《おい》の司だ」

悟志が軽く頭を下げる。美和が、再び手話で〈よろしくお願いします〉と言った。みゆきもそれに倣って〈よろしくお願い〉と手を動かしかけた時、枝里が、手話とともに声を出した。

「よおろおしいくうおねえがあいしいまあすう」

みゆきは慌てたように、「はい、よろしくお願いします。みゆきと申します」と答える。美和は何度か経験があるが、みゆきはデフ・ヴォイス――「ろう者の声」を聞いたのは初めてかもしれない。

みゆきが挨拶の手話だけは覚えてきたように、枝里もこちらに合わせ、挨拶の言葉を発したにすぎない。だが悟志は、枝里のことを不快そうな顔で見やった。

悟志が何か言う前に、荒井はみゆきたちに向かって言った。

「兄は、建具《たてぐ》職人なんだ」

続けて、〈まだ建具の仕事は続けてるんだよな〉と兄に尋ねる。

〈ああ〉

「そうなんですか」

相槌《あいづち》を打つみゆきに、「たてぐって何?」と美和が尋ねる。

「建具っていうのはね、ふすまとか引き戸とか、そういうの」

「大工さんとはちがうの」

みゆきが、説明を求めるように荒井のことを見た。荒井は兄に向かって、

〈建具職人と大工はどう違うのか、って〉

と質問を投げ掛けた。悟志は面倒くさそうな顔をしながらも答えた。

〈俺たちは家は建てない。戸や、最近は家に備え付けの家具なんかもつくるけどな。建付《たてつ》けの悪くなった戸の付け替えやふすまの張替えなんかも建具職人の仕事だ〉

荒井の通訳を待たずに、美和が〈へー、すごい〉と手話で反応する。それを見て、悟志は満更でもない表情を浮かべた。

〈お前は、今仕事は〉今度は荒井に向かって訊く。

〈俺はまた、手話通訳の仕事に戻った〉

〈手話通訳? そんなもんが仕事になるのか〉

〈まあ大した稼《かせ》ぎにはならないけど〉

悟志は、〈ああ、警察官の嫁さんに食わせてもらってるんだったな〉と小馬鹿にしたように言った。

美和が小さな声でみゆきに「通訳」をしていた。「アラチャンに何の仕事してるかって。手話通訳の仕事してるってアラチャンが」

その様子を見ていた司が、右手を美和に向かってひらひらさせた。気づいた美和が、ん?と司の方を向く。

〈手話、叔父さんから習ったの〉

〈そう〉

〈俺も日本語しゃべれるよ〉司は手話で言ってから、

「みいわあちゃんはあなあんねえんせえ」

と音声日本語を口にした。

一瞬、美和が戸惑ったような顔で荒井の方を見た。荒井は美和にだけ見えるように口を動かした。「何年生かって」

美和はああ、と肯き、司に向かって〈小学三年生〉と手話で答えた。

「にいほおんごおでえいいよお、わあかあるうかあらあ」司が言う。

「……小学三年生」

「なあんのおきいょおかあがあすうきい?」

「うーん、こくごとたいいく」

「こおくうごおと?」

二つ目が読み取れなかったらしい司に、美和が「たいいく」と繰り返す。

悟志がドンドン、とテーブルを叩いた。振動が伝わったのだろう、司が悟志を見る。

〈手話でしゃべれ！〉

〈ちょっとぐらい、いいじゃないか〉

〈俺たちが分からないだろう〉

司は、不服そうな顔で〈分かったよ〉と答えた。

枝里が言い訳をするように、〈司は口話《こうわ》を使いたがるのよ。今、地域の公立校に通ってるから〉と言う。

〈そうなのか〉

意外だった。小学校の時はろう学校に通っていたはずだ。地域校に比べろう学校の数は少ないため、遠くまで通うのが大変で進学を機にインテグレート（ろう児が地域の公立校へ通うこと）するケースはよくあるとは聞いていた。それにしてもよく兄が許したものだ。

そう思って悟志の方を見やると、予想通り〈俺は反対したんだがな〉と面白くなさそうな顔で答える。

〈本人がどうしても、って言うんでな。こいつもその方がいいって言うから、仕方なく〉

〈進学のこととか考えたらやっぱり地域校の方がいいかなって〉枝里が言う。

〈こいつは俺に似ず、出来がいいんだ〉悟志が、誇らし気な顔で言った。

〈大学まで行かせてやりたいと思ってる〉

「つかさくん、大学に行くんだって」

美和が通訳するのを聞いて、みゆきが「そうですか、それはいいですね」と枝里にほほ笑みかけた。

司は、みゆきと美和の口の動きを目で追っていた。会話を読み取ろうとしているのだろう。

〈この子は発語《はつご》も読話《どくわ》も得意だから〉

枝里の言葉に、しかし荒井は肯けなかった。

〈やっぱり大学に行くには地域校の方がいいんだろう?〉兄が、珍しく意見を求めてくる。

〈まあ一般的にはそうかもしれない〉曖昧《あいまい》に答えた。〈結局は本人のやる気次第だろうけど〉

〈俺もお前も大学なんて出てないから分からんよな〉

〈そうだな〉

これには素直に肯いた。この中で大学まで行っているのはみゆきだけか、と思う。彼女は、短大を卒業した後に埼玉県の採用試験を受け、警察官になったのだった。受験勉強についてはみゆきに訊けば詳しく分かるかもしれないが、あえてそのことは口にしなかった。

「お待たせいたしました〜」

飲み物とともに最初の料理も運ばれてきて、そこからは飲食タイムとなった。みゆきには不評の「うどん懐石」だったが、天ぷらや茶わん蒸しの他に箱寿司などもついた豪華なメニューで、司や美和は大喜びだった。その後ぽつぽつ交わされた会話も、二人がいてくれたおかげで和《なご》やかとまではいかずとも危惧したほどの気まずさはなく、お披露目の会食は何とか無事に終了した。

帰路では無言だったみゆきに、家に戻り、着替え終わったのを見計らっておそるおそる尋ねた。

「どうだった、兄貴たちは」

「どうって別に」みゆきはそっけなく答えた後、しばらくしてから、

「まあ、間違いなくあなたと兄弟だっていうことは分かったわ」

と言った。


勾留されているろう者との接見通訳の仕事は、順調に進んでいた。荒井が通訳に入るようになってからの被疑者は、多田いわく「とても素直になった」ということで、当初は頑として受け入れなかった被害者への謝罪の言葉も表明するようになっていた。示談《じだん》交渉も進んでいるという。

「被害者の方も、自分にも落ち度があったと認めてくれました。不起訴は間違いないでしょう。荒井さんのおかげです、ありがとうございました」

多田の言葉に、荒井も胸をなで下ろした。

接見通訳を終え家に戻ってくると、県の聴覚障害者情報センターからファックスが届いていた。数日前に打診のあった派遣通訳についての正式な依頼書だ。

依頼書に目を通し、おや、と思った。対象者は今岡《いまおか》しのぶという女性で、ろう者。付添人である夫もろう者であると記されている。それはいい。問題は、通訳をする場所だった。

まだセンターも開いている時間だ。すぐに電話をし、川島《かわしま》という担当者に代わってもらう。

「今日依頼書が届いた派遣通訳についてですが」

「はい、何でしょう」

最近赴任してきた職員らしく、荒井は仕事をするのは初めてだった。

「場所が『新元《にいもと》産婦人科クリニック』とありますが、これはつまり、産婦人科での診察の通訳、ということですよね」

「そうですね」担当者は、何を当たり前のことを、といった口調で答える。

「通訳が男の私で問題ないんでしょうか。普通、産婦人科の受診には女性の通訳者を派遣するのでは」

「それが、今まで頼んでいた人が辞めてしまって……この日、他に都合のつく女性通訳者がいなくてですね」

「そうなんですか……こちらの、今岡さんは、通訳が男だと承知してるんですか」

「いやそれは特に伝えてませんが……基本、通訳者の性別は指定できないことになっているので」

「それでも一応確認をお願いします」

「はあ、分かりました」と言いながらも、声は不服そうだ。「とにかく荒井さんはＯＫなんですね。ではよろしくお願いしますね」

それから特に連絡のないまま、当日を迎えた。キャンセルの連絡がないということは先方が承知したということか。一抹の不安を覚えながら、荒井は待ち合わせ場所である産婦人科クリニックへと向かった。

対象の夫婦は、すぐに分かった。クリニックのドアを開けるとすぐに、狭い待合室の隅で不安そうな顔をこちらに向けている三十歳前後の男女と目が合ったのだ。女性の方はふんわりと全身を包むタイプのワンピースを着ている。依頼者の今岡しのぶと夫の卓郎《たくろう》に違いない。

〈こんにちは〉日本手話で挨拶をし、手話通訳者であるバッジを示すと、しのぶの眉間にしわが寄った。自己紹介をする前に、彼女の手が動く。

〈男が来るとは知らなかった〉

やはり、か。荒井は〈すみません〉と謝り、〈女性の通訳者をご希望ですよね〉と確認する。

しのぶは大きく肯いた。隣の卓郎も、〈今までは女性の通訳が来てたのに〉と不満そうだ。

〈そうですよね〉荒井は少し考えてから、言った。〈センターに確認しますが、おそらく今から急に女性通訳者を派遣することは難しいと思います。無理な場合はどうしますか。受診自体を後日にしますか〉

しのぶは卓郎と顔を見合わせた。

〈どうする?〉

〈今日がいいよね〉

短く会話を交わしてから、荒井に向き直る。

〈受診は今日します。通訳者が来られなければ筆談でやってもらいます〉

〈そうですか……今まで、筆談だけで受診したことはありますか?〉

〈いえ〉しのぶは不安そうな顔になったが、〈頼んでみます〉と答えた。

〈分かりました。とりあえずセンターに今から女性通訳の派遣が可能か確認してみます〉

いったん外に出て、携帯電話を取り出す。

「今からなんて無理ですよ」

案の定、川島は電話口で迷惑そうな声を上げた。

「今から無理なのは分かります。しかしこういうことがないよう、男でもいいか確認してほしいと言ったはずですが」

「それは忙しくて……でも前にも言ったように性別は選べませんからね、こっちの落ち度じゃありませんよ」

規則はそうだが、それでなくとも「診察室」はプライベートな空間だ。守秘義務のある通訳者といえど、産婦人科でのやり取りを異性に通訳してもらうことに抵抗感を抱く依頼者は多い。まずは女性通訳を探し、どうしても男性しか見つからない場合はそれでも構わないか依頼者に確認をとる。それぐらいの配慮があってしかるべきだ。

だが、それについて今言い合っても仕方がない。

「で、どうしますか」川島が苛立った声で訊いてくる。

「女性通訳者が来られなければ筆談で受診すると言っています」

「そうですか。じゃあしょうがないですね。荒井さんには無駄足をさせてすみませんでした。今日の通訳料については後で確認してご連絡します」

悪びれた様子もなく、川島は電話を切った。

夫妻のところへ戻る前に、クリニックの受付に寄った。今岡しのぶの名前を出し、「夫婦ともに耳が聴こえない」ことを伝え、筆談で対応できるか尋ねる。

「筆談ですか？　別に大丈夫だと思いますけど、あなたは？」

「手話通訳なんですが、受診時の同席は本人が望んでいないので……」

「そうなんですか。受診後の、お薬とか支払いとかは大丈夫ですか」

「それは本人に訊いて、さしつかえなければ受診前と受診後には通訳をいたします」

「分かりました。ではお名前でお呼びしていいですね」

不安そうな顔で待っている今岡夫妻のところへ戻り、やはり今から女性通訳の手配は無理なこと、筆談での対応は今受付で頼んできたこと、良ければ受診後の支払いや薬の受け取りなどの際には通訳する、ということを伝えた。

夫妻は今度は会話を交わすまでもなく、〈ではお願いします〉と答えた。

しばらくして、看護師が「今岡さん」と呼んだ。荒井は、すぐに今岡しのぶに〈呼ばれています〉と伝える。二人は立ち上がり、荒井に向かって軽く頭を下げてから診察室へと消えていった。

きちんと筆談に対応してくれる医師であればいいが。荒井にはそう祈るしかなかった。

突然の訪問者があったのは、その日の夕方のことだった。いつものように仕事帰りに美和を学童まで迎えに行き、帰途に買い込んだ食材を使って夕飯の支度をしているところに、チャイムが鳴った。

「美和、出てくれる?」

と言う前から、すでに美和はインターフォンのスピーカーボタンを押している。

「はーい、どなたですか」

声は返ってこなかった。モニターはついていないから相手の姿は見えない。

「もしもしー、どなたですかー」

スピーカーから、コツ、コツ、と軽く叩くような音がした。

「何も言わないよー、切っちゃう?」

「ちょっと待って」

キッチンから出て玄関へ向かう。一人で留守番の時にはチャイムが鳴っても出なくていい、出ても知らない人だったら切ってしまって構わない、と教えていた。だが、ひょっとして、と思ったのだ。

ドアスコープから外を覗いてみると、司が立っていた。声を出さない訪問者――ろう者ではないかと思ったのだったが、司とは意外だった。

ドアを開けると、無言でお辞儀をしてくる。制服姿であるところをみると、学校帰りなのだろう。

〈どうした〉

〈ちょっと用事があって〉

とりあえずドアを開け、中に入れる。司は靴を脱ぎ、室内に上がっていった。

「あれ、つかさくん！」

入ってきた司を見て、美和が驚いた声を出す。司は〈やあ〉と挨拶をした後、勝手が分からないように佇《たたず》んでいる。

〈その椅子に座って〉

ダイニングの椅子を示し、荒井はキッチンに入ると冷蔵庫を開けオレンジジュースのペットボトルから二つのグラスに注いでダイニングに戻った。

早くも美和が司の前に座り、〈どうしたの〉〈学校の帰り？〉などと尋ねている。

〈飲んで〉

ジュースの入ったグラスを、二人の前に置いた。

〈ありがとう〉司は荒井に応えてから、美和に向かって「にいほおんごおでえいいょお」と声を出した。

〈でもあたし、手話の練習したいから〉荒井のことを指さし、〈アラチャン以外と手話でしゃべる機会ってないからさ〉

「ぼおくうもおにいほおんごおれえんしゅうしいたあい、そおのおたあめえにきいたあ」

「練習？　日本語の？」荒井も司の前に座り、尋ねた。

司が肯く。会食の時から気にかかっていたことを訊いた。

〈今の学校に、「難聴学級」はないのか〉

司は肯いた。

〈じゃあ、授業も、クラスメイトとの会話も、全部口話か〉

再び肯く。なるほど、そういうことか。

ろう児のインテグレートを受け入れる地域校の中には、「難聴学級」を設けて生徒の聴こえの程度に合わせ少人数のグループ指導をしてくれるところもあったが、数は少なかった。司もろう学校である程度の口話教育は受けていたのだろうが、生まれつきの失聴者であるゆえに元元「音の記憶」がない。いくら発語の訓練をしたり、読話（口の動きを読み取ること）が上手くなったところで、「完全な音声日本語の会話」ができるはずもない。

いや、この前の会食の際に見た限り、司は口話も読話も枝里が言うほど「得意」だとは思えなかった。

〈授業についていけないのか〉

荒井の問いに、司は再び肯く。

〈クラスメイトたちとのコミュニケーションもとれてないんだな〉

これには黙って俯《うつむ》いただけだったが、答えはイエスだろう。それで、少しでも音声日本語の練習をしたいと、訪ねてきたわけだ。手話も音声日本語もできる叔父相手であれば、分からないところは細かく尋ねることができる。その気持ちは分かったが――。

〈うちに来ていることは、親は知っているのか〉

司は、困ったような顔でこちらを見てから、首を振った。

〈それでは駄目だな〉

司が目を剝《む》いた。〈何で！〉

〈教えるのはもちろん構わないが、ちゃんと親に言ってこい。今から電話で〉言いかけてから、伝え直す。〈メールで許可を得るんだな〉

〈二人とも仕事だよ〉

〈お母さんも仕事をしているのか〉

〈スーパーでレジ打ち〉

〈そうか、じゃあ今日のところは帰るんだな。親の許可を得てから、もう一度来い〉

〈オヤジは駄目だよ〉

〈お母さんの許可でもいい〉

司は、俯いて唇を嚙《か》んだ。

〈分かったよ。もう頼まない〉

〈教えることが駄目だって言ってるんじゃない。親に内緒で来るのが〉

荒井の言葉を最後まで見届けずに、司は玄関へ向かった。

「司！」

思わず呼び掛けたが、もちろん彼には聴こえない。乱暴な仕草でドアを閉め、出ていった。

「……つかさくん、かわいそう」

美和がぽつりと言った。荒井も、自分の対応を後悔していた。今日のところは司の願いを聞いて、後日自分の方から枝里に話をしても良かったのだ。もしもう一度司が来たら、そうしよう。

だが、その機会が再び訪れることはなかった。


その日、みゆきの帰りは比較的早かった。

「お母さん、アラチャン、ひどいんだよ、今日、つかさくん来たのに追い返したんだよ！」

夕食の席で、美和が早速ご注進をする。

「司くんが来たの？」

「ああ」

「声でしゃべるの教えてほしいって言ってきたのに、ダメだって」

「何で？」

「追い返したわけじゃないが……」

しかたなく経緯を説明する。聞き終えたみゆきは、やはり納得した顔は見せなかった。

「それはちょっと可哀そうなんじゃない？」

「でしょー、美和もそう言ったの」

「せめて、次回からはちゃんと断ってくるんだよ、って言って、今日のところは相談に乗ってあげれば良かったのよねー」

「そうそう！」

まさに自分が後悔していた通りのことを指摘され、反論の余地もない。

「何であなたはお兄さんのことになるとそう依怙地《いこじ》になるのかしら ね」みゆきが呆れたように言う。「お兄さんのことだけじゃないか、自分の『家族』のことになると、ね」

そういうわけじゃない、と反論したかった。それに、今は君たちが俺の「家族」だ――。だが口にできなかった。

「ああ、そう言えば」せっかく三人揃った夕食の雰囲気が悪くなりかけたのを感じたのか、みゆきが話題を変えた。

「今日、ろう者から一一〇番通報があったのよ。私は担当しなかったけど、うちの管轄」

「へえ、どんな事案」

「ひったくり」

美和の目が輝く。「はん人つかまったの！」

「うん、お巡りさんがね、すぐ現場に急行して、怪しい人を見つけて捕まえたの」

「やった！　お母さんもはん人たいほするんでしょ！」

「するよぉ、悪い子がいたら、逮捕だ！」

ふざけて捕まえようとするのを、美和は笑いながら体をよじって避けた。

「ファックス一一〇番?」荒井は何気なく訊いた。「それにしては初動が早かったな」

「ううん」とみゆきが首を振る。「通常の一一〇番」

「電話通報? それでよく通じたな」

ろう者は、電話による一一〇番通報ができない。通報したとしても、警察からの問い掛けに対し受け答えができないから、何があったのか把握することも難しい。そのためファックス一一〇番という制度があるが、在宅の場合にしか使えず、手間もかかるため緊急の案件には向かないのだ。

「うん、最初はやっぱりいたずら電話だと思ったみたい。よく聞き取れない声で何か叫ぶだけで何を訊いてもそれに対する返事はなかったから。でも、担当の係員が『上からの通達』を思い出して、かろうじて聞き取れた言葉だけを頼りに手配したのね。そしたら現場近くで犯人を確保できた、ってわけ」

「上からの通達?」

「通達っていうほどじゃないかな、アドバイス? 『不明瞭な言葉で何かを一方的に告げるだけで質問などへの受け答えもなかった場合、聴覚障害者からの通報である場合もあるから、いたずらと断ぜずに判明した情報を手掛かりに手配すること』って」

「……誰がそんなことを」

所沢署にそんな気の利いたアドバイスができる幹部がいるとは思えなかった。いや、一一〇番を受信する県警の通信指令課への指示だとしたら、県警本部の人間ということになる。なおさらそんな人物に心当たりはない。

「さあ。直接聞いたわけじゃないから」

そう答えてから、みゆきは、「でも」と続けた。

「誰にしても、うちにはたまたまそういう指示をしてくれる人がいたからいいけど、どこの警察でも同じように対応できるわけじゃないものね。ろう者が緊急通報しにくいことには変わりないわよね」

「ラインですればいいんじゃない！」

話をどこまで理解しているのか、美和が割り込んできた。IT関係にはうとい荒井だったが、それでもLINEという無料通話アプリが浸透しているのは知っていた。だが。

みゆきが美和に答えた。「そういう便利なものはまだ一一〇番には使えないのよ。遅れてるわよね」

「おっくれてる〜、アラチャンみたい」

二人していまだにガラケーと呼ばれる古いタイプの携帯電話を使っている荒井のことをからかう。荒井は苦笑を返し、食事に戻った。みゆきと美和の話題は、来週末に学校で開かれるバザーの件に移っていた。使わなくなった美和のおもちゃをバザーに出すか出さないか言い合っている二人の会話を聞きながら、頭の中ではまだ先ほどの件について考えていた。

「聴者《ちょうしゃ》（聴こえる人たち）」中心の社会にあって、「聴こえない人たち」が不便を強いられるのは今に始まったことではないが、せめて命にかかわることだけでももう少し何とかならないかと思う。災害があった時の緊急放送や、交通機関で事故があった際のアナウンスも、彼らには聴こえない。「あの震災」の時、多くの障害者たちが逃げ遅れたり支援から取り残されたりしたことは社会的な問題になったが、「聴こえない人たち」もその例外ではなかった。防災無線が聴こえなかっただけでなく、避難生活におけるコミュニケーションも不十分で苦労したと聞く。いや、大きな災害があった時に限らない。携帯電話についての表現を借りれば、いまだ彼らは日常生活の中で「ガラパゴス」な状況下に置かれているのではないか。

先日会ったろう者夫婦――今岡しのぶたちのことを思い出していた。あの日、思ったよりずいぶん早く診察室から出てきた彼らは、すっかり疲弊《ひへい》した様子だった。聞けば、医師も看護師もマスクをしていて口の動きを読むことができなかったばかりか、筆談に関しても専用のボードや筆談器などはなく、互いにメモ程度の走り書きで会話したのだが、さっぱり意味が摑めず、結局その日の受診は諦めたのだという。

表情に怒りを滲《にじ》ませながら夫が見せたメモ用紙には、医師によるいかにも殴り書きといった筆致で、

『誰か話の分かる人を連れてきて』

と書かれてあった。

夕食が終わり、美和は子供部屋に引っ込んだ。最近はよほどのことがないかぎり寝かしつける必要もない。食後の片づけをみゆきと分担して行い、彼女が風呂に入っている間にパソコン

を開いた。

もう少しビールを飲みたいところだったが我慢し、「埼玉県　一一〇番　聴覚障害者」と入力し検索にかける。すぐに県警のホームページに行き当たった。「聴覚に障がいがある方等のための連絡方法」という項目があり、それによると、ファックス一一〇番の他に、最近メール一一〇番のシステムもできたらしい。だがホームページにアクセスしてからチャットで通報する方式のようで、これでは年配のろう者などが使えるはずもない。

ついでに消防署のホームページを開き、一一九番はどうなっているか確かめる。こちらは地域によって対応はバラバラだった。この近辺を統括する消防局では、ファックス一一九番に加えてWeb一一九番なるものがようやく導入されたらしかったが、メール一一〇番同様に事前の登録が必要で、どれぐらいのろう者が利用しているかも怪しい。本当に彼らのことを考えるなら、登録不要の緊急用メールアプリか、テレビ電話などを使って手話で通報できるシステムが必要なのではないか――。

みゆきが風呂からあがってきたのを機に、パソコンを閉じた。

「そろそろ寝るか」

まだ早い時間だったが、そう言って立ち上がった。

「うん……」肯いたものの、みゆきは寝室には向かわず、荒井の前に腰を下ろす。

「どうかした?」

彼女は自嘲気味な笑みを浮かべると、「馬鹿みたいって思ってる?　こういうの」と言った。

「思うわけがないだろう」

そう答え、座り直す。結婚しようと決めた時、このことについては二人できちんと話し合っていた。

私は、あなたとの子供がほしいと思ってる。あなたには、その気がある？

そう彼女から訊かれた時、荒井は、「ある」とはっきり答えた。みゆきと、いやみゆきと美和と家族になりたいと思った時から、それを受け入れることを決めていた。

みゆきは嬉しそうに肯き、じゃあ協力してね、と言った。

荒井はそれを「避妊はしない」という程度に受け取っていたのだったが、彼女は違った。

「私もあなたも若くはないのだから」と、自分の「周期」を正確に計算し、少しでも妊娠しやすいよう排卵日前後にはいつもより早く帰宅するようにしていた。そういう日には荒井も晩酌を控え、その心づもりをしているのだった。

「あのね」

みゆきが、俯いたまま言った。

「もう一年でしょ。やっぱり、自然に任せてても駄目なんじゃないかって思うの。そろそろその時期なんじゃないかな」

「それは、つまり……」

不妊治療をするということか。口には出さなかったが、みゆきは「うん」と小さく肯いた。

「でも、君は仕事があるだろう」

不妊治療は、男より女性側の方がよほど辛いと聞いていた。詳しくは知らないが、通院もかなり必要なのではないか。警察官のようなハードな仕事をしていて、両立できるものなのだろうか。

「もちろん、仕事は辞めるつもりはない」みゆきは答えた。「そっちの方は交渉する。あなたにもそれなりに負担かけるかもしれないけど、協力してくれる？」

「――分かった」

「うん」みゆきは安心したように肯き、「今すぐってわけじゃないから。これからいろいろ調べて……はっきりしたことが分かったらまた話すね」と言った。

「分かった」同じ返事を繰り返す。

「ありがと。じゃ、先に行ってるね。もうちょっと飲んでてもいいわよ」

みゆきはそうほほ笑んで、寝室に消えていった。

彼女がいなくなってから立ち上がり、キッチンに向かう。冷蔵庫から缶ビールを取り出し、ふたを開けた。飲みたかったはずのビールは、思ったより美味《うま》くはなかった。

その年の夏は、例年にも増して暑い日が続いた。九月になり、美和が「あー、なんで夏休みっておわっちゃうんだろう。ずっとつづけばいいのに」などと言いながら登校するようになっても、まだまだ熱帯夜は終わらなかった。それでも荒井は、毎日の美和の相手から解放されて少しばかりゆっくりできるようになった。みゆきも夜勤は免除になったようで、まだ不妊治療にこそ踏み込んではいなかったが、夫婦二人で過ごす時間は以前よりは長くなっている。

その日、手話通訳の仕事は入っていなかった。みゆきと美和を送り出し、掃除を済ませてからパソコンを開くと、県のセンターからメールが入っていた。コミュニティ通訳の打診だった。医療通訳。日時と場所。それに加え、打診の段階では付さないはずの情報が記されていた。

【依頼者は前回と同じ今岡さんです。確認済み】

荒井は携帯電話を取り出し、センターに電話をして川島を呼び出してもらった。

「メール拝見しました。私の方はＯＫですが、この『確認済み』というのは『男の通訳でもいい』ということですね」

「というか、この前の人、つまり荒井さんならいい、ということなんです」

「そうですか……」

「本来指名はできないんですけど、荒井さんさえ都合がつけばお願いできますか？　実は、あの後ちょっとあって……」

「どういうことです？」

川島は言いにくそうに説明した。

いつかの一件の後、今岡しのぶから再び産婦人科検診の通訳の依頼があり、女性通訳者を手配したのだが、終わった後クレームがついたというのだ。

「とにかく通訳の言っていることが分からないというんですね。通訳されたことも、後でメモを元に調べたら全然違う意味だったとか」

「その通訳者はこれまで医療通訳の経験は？」

「実は、初めてで」川島の声はさらに小さくなる。「新人の通訳者で経験不足なことは認めますが、まあそういう事情で、今回は荒井さんにお願いできればと」

「分かりました。先方が承知なら私の方は構いません」

「ありがとうございます。では依頼書を送りますので」

電話を切ってから、少し不安になった。依頼者に信頼してもらったのは嬉しいが、荒井とて、医療通訳の専門教育は受けていない。そもそも手話通訳の世界に、何かの分野に特化した育成システムはないのだ。それでいて、ある程度の専門知識を必要とされる場面は、実際には多々ある。

荒井が豊富な経験ゆえに重宝されている司法通訳もその一つだったが、中でも医療通訳は、コミュニティ通訳の半数近くを占めるほど頻度《ひんど》が多いにもかかわらず、特別な研修などはない。これまで、手話通訳者の技術・知識不足によるトラブルや、守秘義務違反など、医療通訳を巡る問題は数多く耳にしていた。

例えば、「座薬」のことを〈座る〉〈薬〉と通訳して、勘違いしたろう者が「座って飲もうとした」という、通訳者であれば誰もが知る有名な一件がある。このケースなど、聴者が聞けば「さすがに座薬を飲むやつはいないだろう」とろう者側のリテラシー不足を笑うかもしれない。だが、そもそも「聴こえない人」と「聴こえる人」の間には大きな情報格差があることを頭に入れておかなければ、下手をすれば彼らを殺しかねない。荒井は、日ごろからそう憂慮《ゆうりょ》していたのだった。

　久しぶりに会った今岡しのぶのお腹のふくらみはかなり目立っていた。そろそろ臨月なのかもしれない。

　担当医は初老の男性医師で、最初に挨拶した以外はカルテからほとんど目も上げず、注意事項を淡々と読みあげるような接し方だった。

「産後のオロはひと月ほど続くからね、もしそれが過ぎても続くようだったら……」

「すみません」荒井は通訳の手を止め、「オロとはなんでしょう」と医師に尋ねた。

「ああ……」医師は面倒そうな表情を浮かべながら、手元のメモ用紙に『悪露』と書いた。

「出産後にしばらく子宮内から排出される分泌物や血液のこと。生理のような出血で、時間とともに徐々になくなっていくから」

「分かりました」

　荒井は、医師の説明を手話でしのぶに伝えた。しのぶは〈ああ、そういうこと〉と大きく肯いてから荒井に言う。

〈前回の通訳は、指文字でオロっていうだけで、何のことか全然分からなかった〉

　さもありなん、と思う。男の自分が分からないのは当然とはいえ、妊婦だったら知っているはず、という思いこみは危険なのだ。他にも、こういうことがあったに違いない。

「特に異常はありませんね？」医師が荒井に訊いてくる。「出血とか、痛みとか」

荒井が通訳すると、しのぶは少し考え、答えた。

〈ちょっと血が出ることはありますけど……あと、お腹も少し張ります〉

通訳された言葉を聞いた医師は、怪訝《けげん》な顔になった。

「前回の検診の時は何も言っていませんでしたが、最近ですか？」

〈いえ、前から少し〉

「そういうことは早く言わないと」医師は非難するような口調になる。「念のために検査しておきましょう」

医師の指示で、看護師が超音波検査の準備を始めた。

〈異常があった時にはなるべく早く言ってください〉

荒井が医師の言葉を伝えると、しのぶは不満そうに答えた。

〈異常出血っていうのは血がたくさん出た場合のことかと思ったから。ちょっとだったら異常じゃないのかと〉

彼女の言うことは、よく理解できた。

医療関係者は、しばしば意思の疎通ができていないことを「受け手側」の問題とする。しかし、本来これは双方の問題のはずだ。コミュニケーションが十分にとれていないと、患者が医師の言うことを理解していないだけでなく、医師の方も患者の状態を正確に把握できていないことになる。

つまり手話通訳は、「聴こえない人たち」のためだけでなく、「聴こえる人たち」のためのものでもあるのだ。「聴こえる人たち」には、往々《おうおう》にしてこの意識が欠けている――。

すべての診断と検査を終えるのに、結局一時間以上かかった。

疲れた様子の妻のことを、夫の卓郎が何度も励ましていた。初産《ういざん》というからそれでなくとも分からないことが多いのに、情報の取得もままならなければさぞや心許ないに違いない。

それでも、夫婦の顔は明るかった。不安よりも、希望の方が勝っているのだろう。

〈男の子でも女の子でも、のぞみっていう名前にしようと思っているの〉

待合室に戻って会計を待っている間に、しのぶが嬉しそうな顔で言った。

〈男の子だったら、のぞむ、がいいんじゃないかって私は言っているんですけどね〉卓郎が横から言う。〈女の子みたいだっていじめられるといけないから〉

〈そうかなあ。どう思います?〉

〈すみません、私には何とも〉荒井は曖昧に首を振った。

〈通訳さんに訊いてもしょうがないだろ。俺たち夫婦で決めなきゃ〉

〈そうね、ごめんなさい〉

〈いえ〉

首を振りながら、「のぞみ」か、いい名前だな、と思う。

ふと、みゆきの顔が浮かんだ。

――私は、あなたとの子供がほしいと思ってる。

彼女もまた、何かの「希望」をその言葉に託したのだろうか。その思いを、自分は本当に共有できているのか――。

「ねえ」

声に横を向くと、隣にいた年配の女性が、荒井に向かって話し掛けてきた。

「そちら、ご夫婦とも聴こえないの？」

自分への問い掛けであるから通訳する必要はないだろう。答える必要はもっとない。何も言わず顔を戻した荒井に、女性は続けた。

「いろいろご心配でしょうね。でも親が聴覚障害者だからって子供にも聴覚障害があるとは限らないってこの前テレビで言ってたから。お子さんは聴こえるといいわね。そう伝えておいて」

呼ばれたらしく、女性は今岡夫妻に笑顔を向けて、席を立った。しのぶも女性に笑顔を返してから、何て？という顔を向けてくる。荒井は答えた。

〈どうぞお大事に、と〉


その帰り道、携帯電話が鳴った。見ると、覚えのない番号が表示されていた。しかも携帯の番号ではなく県内の固定電話からだ。新規の仕事の依頼だろうかと通話ボタンを押した。

「荒井尚人さんの携帯電話ですか」

丁寧語を使ってはいるものの、どことなく威圧感がある。声に覚えはなかったが、その物言いに何となく心当たりがあった。

「そうですが」

「荒井尚人さんご本人？」

「はい」

「こちら警察です。飯能《はんのう》署生活安全課の飯塚《いいづか》といいます。荒井司さんをご存じで？」

警察、というのは思った通り。司の名前が出たのは予想外だった。「司は甥ですが」

「そうですか。実は司さんが万引きで補導されました。現在飯能署で話を聞いているところです。本人が、両親は電話に出られないので叔父さんに電話してくれとこの番号を教えられたのですが……」

「両親ともろう者です。耳が聴こえません。電話に出られないというのは本当です」

「なるほど……通常、身元引受人としては親御さんに連絡するのですが、叔父さんということであれば……今からこちらに来られますか？」

「行けます」

「場所は……」

「飯能署ですね、知っています。三十分ほどで着けると思います。生活安全課《せいあん》の飯塚さんをお訪ねすればいいんですね」

「そうですが」少し怪しむ声になった。「おたく、弁護士さんか何か？」

「いえそうじゃありません。とりあえず伺います」

「はあ。じゃあお待ちしています」

電話を切って、道を急いだ。司が万引きで補導。そういうことをするタイプには見えなかったが……。万引きはもちろん犯罪行為だ。しかし初犯であれば、反省文を書いて、保護者が引き取りに行けば帰してもらえるのではないか。

司が親ではなく、自分の名を出した気持ちは分かった。耳が聴こえないから、というのは言い訳だ。枝里はともかく、あの兄が息子が万引き、などと知ったらどんな反応を示すか分かったものではない。とりあえず引き取ってから、その後のことは考えよう。そう決めて、飯能署へと向かった。

東飯能駅で降り、タクシーに乗る。行ったことはなかったが、飯能署の場所は知っていた。入間《いるま》市との境に近い国道バイパス沿いにあったはずだ。

警察署の前でタクシーを降り、正面玄関を入っていく。一階の総合窓口で飯塚の名前を出した。内線で連絡をとってくれた職員が、「生活安全課は二階です。少年係をお訪ねください」と教えてくれる。

「分かりました」

大体どこの所轄も同じようなつくりだ。迷うことなく階段で二階に上がる。ふと、司はみゆきの名は出さなかったんだな、と思う。叔母が警察官であると分かればもっと簡単に解放されたかもしれない。だが迷惑をかけてはいけないと彼なりに気を使ったのだろう。

生活安全課の札がかかったカウンターの前に行き、近くにいた職員に「荒井といいます。少年係の飯塚さんを」と言う。

「ああ」

職員が答えるより早く、奥から体格の良い三十代前半ぐらいの男が現れた。

「荒井さん?」

「はい」

「甥っ子さんはあっちにいるけどね。ちょっとその前にお話を」

近くの空いている席に荒井を座らせ、自分も椅子を引いてきた。

「甥っ子さんは、ショップでゲームソフトを万引きして、逃げ遅れて店の主人にとっ捕まったんですけどね」飯塚は軽い口調で説明する。「補導歴も非行歴もないようなんで、学校には知らせず、反省文を書かせて保護者に引き取ってもらってもいいんだが……妙に頑固なところがある子でね」

「そうですか。お手間とらせて申し訳ありません」ここは頭を下げておくに限る。「私の方からよく言って聞かせますので」

「そうね、よく言って聞かせてくださいよ」飯塚は尊大な態度で続けた。「特に、仲間の名前ね。店の主人が言うには、今回捕まった子は初めて見るけど、一緒にいた連中は前にも見たことがある、ってね。以前人気ソフトが大量に万引きされたことがあって、その子らの仕業《しわざ》じゃないかって言うんでね。事情を聞くためにもその連中の名前を教えてもらわなきゃならないんだが、どうしても言わんのですよ。そのあたりをね、あなたからも言ってやってくださいよ。言わないと帰れないよとね」

「そうですか……」ふと、疑問を覚えた。「ところで、甥が耳が聴こえないのはご存じですよね」

「ああ、なんかそうみたいだね」飯塚が肯く。「一人だけ捕まったのも、防犯センサーが鳴ったのに気づかなかったみたいだから。どこまで聴こえないのかは分からないけど」

「彼は全ろうと言って全く聴こえません。取り調べには手話通訳をつけてもらえていますか？」

「手話通訳？　いや正式な取り調べじゃないから」

「それでも手話通訳をつけてもらわないと正確な聞き取りはできませんよね。今からでも手配お願いできますか」

「手配ってあんた」飯塚が苦笑を浮かべる。「分からないところはメモで書いてやり取りしてるし、聴こえないって言ったって多少言葉はしゃべれるみたいだからね。問題ありませんよ」

鼻であしらうような態度に、怒りが湧いてきた。だが今ここで自分が不遜《ふそん》と見られる態度をとれば、司の処遇にも影響しかねない。ぐっとこらえて、「甥に会えますか」と言った。

「ああ。じゃ、行きましょうか」

飯塚はいかにも億劫《おっくう》そうに席を立った。

ドアを開け入っていく飯塚に続いた。殺風景な小部屋の中、司が古びた事務机を前にうなだれていた。

「叔父さんに来てもらったぞ」

飯塚が声を掛けるのと同時に、荒井は机をどんどん、と叩いた。振動に、司が顔を上げた。

しかし荒井のことを見て、再び首を垂れる。

荒井はもう一度机を叩き、こちらを向かせる。手話で語り掛けた。

〈万引きをしたって?〉

司はそれには答えず、心配そうな顔で〈オヤジに話した?〉と訊いてくる。

首を振り、〈お父さんにもお母さんにもまだ伝えてない〉と答えると、僅《わず》かに安堵《あんど》した顔になった。

〈本当に万引きしたのか?〉

司は、肯くように首を垂れた。

〈誰かにやれって言われたんじゃないのか〉

二人のやり取りを見ていた飯塚が「なあ、あんた」と割って入ってくる。

「俺たちにも分かるように話してもらえないかね」

「はい、後でまとめてお伝えします。先に本人の話を聞かせてください」

「だからその本人の話ってのをこっちにも分かるようにだな」

「日本手話と音声日本語を同時に使うのは難しいんですよ。そのために通訳を派遣してもらえるよう先ほどお願いしたんですが」

「あんたが通訳できるじゃないか」

「いちいち通訳しながらじゃ話が聞けないんです」苛立ちを抑えきれず、つい口調が荒くなった。「とにかくちょっと待ってください」

「おいおい、こりゃ困った保護者が来ちまったな」

飯塚が呆れたように言うのを無視して、司に再び話し掛ける。

〈自分の意思で万引きしたのか?〉

少し間を置いてから、司は肯いた。

〈なぜそんなことをした〉

司が顔をしかめる。少し考えてから手を動かした。〈そのゲームソフトがほしかったから〉

〈なんていうゲームソフトだ?〉

司がうん?という顔をする。

〈お前が万引きしたゲームソフトの名前だ。何ていうタイトルだ〉

司が困った顔になった。

〈万引きするほどほしかったゲームソフトのタイトルも分からないのか〉

司はますます困惑顔になる。

〈お前が一人捕まったのは、防犯センサーのアラームが鳴ったのが分からなかったからだろう。仲間たちはお前が捕まってる間に逃げたんだろう? 捕まっても絶対名前を出すなって言われてるんじゃないのか?〉

司は押し黙ったままだ。やはりスケープゴートにされたのだ。いやもしかしたら、「わざと万引きさせた」のかもしれない。司が防犯アラームの音に気づかず捕まるのを、どこかで面白がって見ていたのではないか？

〈お前、学校でいじめられて〉

〈もういいから！〉司が激しい表情で遮《さえぎ》った。

〈反省してるから。もう二度としないから家に帰してくれって刑事さんに言ってよ！　そのために叔父さんに頼んだんじゃないか！〉

荒井は飯塚の方に向き直った。

「どうやら自分の意思で万引きしたのではないようです。万引きしたゲームソフトのタイトルも言えませんでした。大方、仲間にそそのかされたか、もしかしたら強要されたのかもしれません」

「どうだかな」飯塚は疑い深そうに首を傾げた。「大体、本当にそんなことを言ったのか？あんたのつくり話じゃないか？」

「あなたが通訳しろと言ったからしたんです。私の言うことが信用できないのなら、ちゃんと通訳をつけてください！」

「おい、さっきからなんだその態度は」飯塚の顔つきが変わった。「そうか、じゃあそうするとするか。ちゃんと通訳を呼んで、正式な取り調べってことだな。つまり、逮捕、送検ってことだ」

「送検？　家裁送致《かさいそうち》の間違いじゃないですか。それにこの程度の罪だったら簡易送致で済むはずでしょう」

飯塚が目を剝《む》く。「おい、あんた、一体何者だ？　身分証を提示してもらおうか」

「そんな義務はありません」

「何を──」

その時、ドアが開いた。

「ずいぶん騒々しいな」

立っている男の顔を見て、荒井は目を見張った。

飯塚も、意外な顔でその男の名前を口にする。「何森《いずもり》さん……何の御用です」

「耳の聴こえない子供が補導されたって聞いたもんでな。しかも妙に頑固なガキで名を荒井というと。もしや、と思って来てみたんだが」

その男──何森稔《みのる》は、初めて荒井のことを見た。

「……ご無沙汰しています」

予想外のことにうまい挨拶の言葉が出ず、かろうじてそれだけ言った。

「何森さんのお知り合いですか？」飯塚が怪訝な顔になる。

それには答えず、何森は「飯塚、ちょっといいか」と言った。

「はあ……」

二人が出ていくのを見送ってから、小さく息をついた。つまらないことでカッカしてしまった。自分のせいで司を家裁送りにするところだった。

〈誰？　知ってる人？〉

司の言葉に荒井は小さく肯くと、自分を指してから、両手を合わせ、ぐるりと回した。

〈へえ〉と司が意外そうに言った。

〈叔父さんにも『友達』いたんだ〉


しばらくして再び現れた飯塚は、ふてくされた顔で「さっさと帰りな」とだけ言って背中を向けた。何森は何も言わなかったが、「上」に掛け合ってくれたのだろう。おそらく簡易送致――形式的に書類だけの送致はされるだろうが、家裁による調査はないはずだ。親にも学校にも連絡がいくことはあるまい。

司と並んで警察署を出る。それにしても何森が飯能署に異動になっていたとは知らなかった。何森のような男が県警本部に残っていてくれればもう少しはマシな――その時、ハッと思い当たった。

いつかみゆきが言っていた、県警の通信指令課に「アドバイス」をしてくれた警察官とは、もしかしたら何森ではないのか？　いや、彼以外考えられなかった。

何森に訊いても、「何のことだ」と無愛想な答えが返ってくるに違いない。そういう男だった。

前を歩く司の肩を叩き、振り向かせた。

〈今日すんなり帰れたのは、後から来た刑事さんのおかげだぞ〉

〈分かってる〉司は短く答える。

〈もし次同じことをしたら、今度は親にも学校にも連絡がいくからな〉

〈分かってるって〉

〈なあ〉迷ったが、やはり訊かなければならないと思った。

〈学校で、何か問題があるんじゃないのか〉

司は答えず歩いていく。

〈お前はお前の考えがあって地域校を希望したんだろう。俺も、いちがいにろう学校の方がいいとは言わない。だが〉

司が苛立ったように荒井の言葉を遮った。〈あんなとこにいたってダメなんだよ！〉

〈ダメっていうのは勉強のことか？　大学まで進学したいからか？〉

司は答えない。慎重に言葉を選びながら、続けた。

〈でもな、それより今のお前には、何でも思ったことが話せて、お互いに気持ちが分かり合える、そんな友達が必要なんじゃないか？　勉強や進学よりも、今はそっちの方が大切なんじゃないか？〉

ふいに司が立ち止まる。こちらを向き、言った。

〈叔父さんには分からないよ〉

〈ああ、確かに分からない。けど〉

〈叔父さんは聴こえるからな。俺たちのことは、本当には分からないんだ〉

絶句した。

〈今日はありがとう。親に言わないでくれて〉

司は、それ以上の会話を拒絶するように、早足で歩いていった。

しばし立ち止まり、その後ろ姿を見つめる。

あの子と、こんなに言葉を交わしたことは今までなかった。叔父・甥といっても、会ったのは生まれてから数回ほどだ。司を初めて見たのは、母を施設に入所させるため久しぶりに実家を訪れた時だった。まだ三、四歳だったと思うが、滑らかな手話で家族と会話をしていた。まだ多少は頭がはっきりしていた母は、愛おしそうに孫と語らっていたものだった。

尋ねたことはなかったが、生まれた子が「聴こえない子供」であることを、母も兄夫婦も、おそらく喜んでいたことだろう。

司の言葉が蘇る。〈あんなとこにいたってダメなんだよ〉

あんなとこ――それは、単に「ろう学校」を指すだけではないのかもしれない。悟志や枝里や、死んだ母が知ったらどう思うだろうか。そう考えてから、ふと思う。

いつの間に自分は、「あちら側」で物事を考えるようになったのだろう。

遠ざかっていく司の後ろ姿が、よく知る誰かの姿と重なった。

誰にも僕の気持ちなんて分からない。そう自分の中に閉じこもり、家族にすら心を開かなかった三十数年前に十四歳だった少年の姿と――。

再び携帯電話が鳴ったのは、翌日の午後のことだった。

また警察からか。嫌な予感がしたが、ディスプレイにはセンターの名が浮かんでいた。メールではなく電話というのは珍しい。

通話ボタンを押すと、「あ、荒井さん？　摑まって良かった。今どこです？」せいたような川島の声が聴こえた。

「家に帰る途中ですが」

「急で本当に申し訳ないんですけど、今から今岡さんの受診の通訳頼めませんか」

「今からですか……行けないことはないですけど」

「良かったぁ、助かります！」

安堵の声が返ってくる。

「いつもの新元産婦人科でいいんですね」

「えーと、どっちがいいかな……」

「どっち、というのは？」

「いえ、実は陣痛が始まったみたいなんですけど、出先でタクシーが摑まらないようで……荒井さんにそこでタクシーを摑まえてもらって、今岡さんを拾って一緒に病院に行ってもらった方が早いかな、と……」

「ではそうしましょうか。こちらは駅の近くなのですぐ拾えると思います。場所はどこです？」

川島が、ダム湖近くの自然公園の名を告げる。なるほどあそこではタクシーは掴まりにくいだろう。

「分かりました。すぐに向かいます」

「よろしくお願いします」

電話を切り、急いで駅に戻った。幸いタクシー乗り場に先客はなく、すぐにやってきたタクシーに乗ることができた。自然公園の名を告げ、五分ほども走った時だった。再び携帯が鳴った。

「荒井さん、今どこです⁉」

川島の声が一変していた。

「タクシーで公園に向かっているところですが……」

「後どれぐらいで着きます⁉」切羽詰まった口調で言う。

「もう五分もかからないと思います」

「じゃあそのまま公園に向かってください。すぐに救急車が来ると思うので、一緒に乗ってください！」

「救急車？　破水したんですか？」

「分かりません、メールがブツ切れで……様子がおかしいんで、私の方で一一九番したんです」

「分かりました。とにかくこのまま向かいます！」

電話を切って、運転手に「すみません、できれば急いでもらえますか」と伝える。運転手にも今の会話が聞こえたようで「お産かい、分かった急ぐよ」とアクセルを踏み込んだ。

タクシーが公園入り口に着いたのと同時に、救急車のサイレンが遠くから聴こえてきた。今岡夫妻の居場所はすぐに分かった。入ってすぐのベンチを、数人が心配そうに取り囲んでいたのだ。荒井はベンチに向かって走った。

「妊婦の知り合いです、どうしましたか⁉」取り囲んでいる一人に駆け寄る。

「陣痛みたいなんだけど、痛みがひどいようで……耳が聴こえないみたいでよく分からなくて」

「救急車がそこまで来ています、すみませんが誘導してもらえませんか」

しのぶのことを介抱していた卓郎が、荒井に気づいた。

〈妻が！　様子がおかしいんです！〉

〈大丈夫、救急車が来ています。どんな様子ですか？　奥さんは話すことができますか？〉

夫に肩を叩かれ、しのぶがうつろな顔をこちらに向けた。

〈どうしました？　どこが痛いですか？〉

〈お腹が、張って……鉄板みたいに固い……痛い……苦しい……〉

そこに、救急隊員がストレッチャーと共に駆け付ける。

「通報はこちらですね。すみません、どいてください。どうされましたか？　聴こえますか？」

「彼女はろう者です。耳が聴こえません」

荒井の言葉に、「ああそうか」と救急隊員がこちらを振り向く。「あなたは？　だんなさん？」

「手話通訳です。かなり痛みがあるようです。お腹が鉄板みたいに固くて苦しい、と言っています」

「分かりました。搬送しますので」しのぶの顔の前で大きく口を開き、「今から、救急車で運びますからね。少し我慢してくださいね」と言った。

ストレッチャーで運ばれるしのぶに続き、卓郎が、そして荒井も救急車に乗った。ドアが閉じられ、サイレンを鳴らして発進する。

「こちらがご主人？　奥さんは初産ですか？」

バイタルを計測する隊員とは別の隊員が、卓郎に尋ねる。荒井が通訳すると、卓郎は〈そうです、初めての子供です〉と答えた。

それを音声日本語で伝えると、隊員は荒井の方を向いた。

「痛みはどれぐらい前から？」

「出血はありましたか？」

矢継ぎ早の質問を荒井が通訳し、それを卓郎が妻に確認しながら、答えていく。彼女のワンピースの下半分は、血で真っ赤に染まっていた。しのぶの手が弱々しく動く。

〈赤ちゃんが、動いてない……さっきから全然動いてない……〉

救急隊員の顔色が変わった。病院との連絡も緊迫さを増していく。

「出血多量、早剝《そうはく》の可能性があります。受け入れお願いします」

「もうすぐ着きますからね」隊員がしのぶに向かって声を掛ける。荒井はそれも通訳したが、痛みで目を閉じがちな彼女には届かない。

「相当前から痛かったんじゃないですか?」隊員が非難するように荒井に言った。「もっと早く呼んでくれれば」

「できなかったんですよ!」思わず叫んでいた。「彼らは耳が聴こえないんだ、緊急の一一九番がしたくてもできないんです!」

卓郎が励ますようにしのぶの肩を叩いている。妻の反応は鈍い。しかし、僅かに動くその手は、

〈お願い……動いて……生きていて……お願い……〉

そう言っていた。


病院に到着し、救急専用の入り口から搬送される。大勢のスタッフが待ち受けていた。容態は救急隊員から伝えられているのだろう、しのぶを乗せたストレッチャーはすぐに手術室へと向かった。

廊下で呆然と立ち尽くす卓郎に、手術着をまとった医師が近寄ってくる。

「ご主人ですか? 奥様、常位胎盤早期剝離《じょういたいばんそうきはくり》という症状で、すぐに赤ちゃんを取り出さないと危険な状態です。緊急切開になりますので、後で同意書にサインをお願いします」

〈妻は？　赤ちゃんは助かるんですか⁉〉

医師が厳しい顔になった。

「母子ともに安心できない状況ですが、最善を尽くしますので」

そう言って医師は手術室へと消えていった。どう通訳していいか迷う。「安心できない状況」「最善を尽くす」。いかにも日本語的な言い回しだった。直訳では逼迫《ひっぱく》した状況が伝わらないかもしれない、瞬時に考え、親指と人差指を顎に当て、強く口を閉じた（＝慎重に）後、両手の指の先を脇の近くに当てる（＝必要がある）という手話表現を加えて伝えた。これで、日本語の「予断を許さない」に近い意味になる。理解したのだろう、卓郎の顔が歪んだ。

それから長い間、卓郎と二人、廊下に置かれたベンチに座っていた。どれぐらい時間が経ったろうか。ふいに、手術中のランプが消えた。二人同時に立ち上がる。ドアが開き、医師が出てきた。縋《すが》るような表情の卓郎と目が合うと、淡々とした口調で告げた。

「残念ながらお子さんは助かりませんでした。奥様は無事です」

荒井の通訳を見た卓郎の顔に、落胆と安堵が交互に浮かんだ。

「奥様ももう少し遅ければ危ないところでしたが……一応子宮は残すことができましたので。また次がありますから、お気を落とさずに」

その言葉が終わると同時に、手術室から異様な声が聴こえてきた。しのぶは部分麻酔だったのだろう。今告げられたのと同じことを知ったのだ。

ストレッチャーに乗ったしのぶが出てきた。卓郎が、妻のことを掻き抱く。しのぶが頭を振り、何か叫んでいた。その声は、夫にも、彼女自身にも聴こえない。それでも彼女は、その声を上げずにはいられない。

言葉にならない声。医師にも看護師にも、その意味は通じない。しかし荒井には、彼女が何と叫んでいるのかが分かった。

なぜ。なんで。どうして。

しのぶは、繰り返しそう叫んでいた。

なぜ。なんで。どうして。

救急車を呼ぶのがもう少し早ければ。すぐに一一九番通報できていれば。

私が「聴こえる人」であれば。

子供は、お腹の中の赤ちゃんは、助かったのではないか。

彼らの希望。のぞみ――。

看護師が、慰《なぐさ》めるように言った。

「誰にもあることだから。あまり自分を責めないでね」

荒井には、その言葉を通訳することができなかった。

行き場を失ったしのぶの慟哭《どうこく》だけが、静まり返った病院の廊下にいつまでも響き渡っていた。

翌年の、暮れも押し迫った頃のことだった。

しのぶが運ばれたのと同じ病院で、みゆきが、出産をした。身長四十六・五センチ、体重二千九百グラム、健康そうな女の子だった。子供の名前は、荒井とみゆきに美和も加わって、考えられ、付けられた。

「瞳」に「美しい」で、ひとみ——。

生後一か月の時に受けた新生児聴覚スクリーニング検査によって、聴覚に障害があることが分かった。

瞳美は、「聴こえない子供」だった。

第2話　クール・サイレント

目を覚ました子供は、珍しく泣かなかった。そのままぼんやりするように目を宙に泳がせている。その瞳が自分をとらえたので笑顔を向けると、つられるようにニコッと笑う。続けて大きなあくびをした。小さな両手をにぎり、突っ張るように前へと押し出す。そして再び大きな瞳でこちらを見た。

口の動きだけでその名を呼んでみる。

ひ・と・み――。

みゆきと美和と三人で考え、いくつも出た候補の中で全員が「うん、いいね」と声を揃《そろ》えたのがその名前だった。「瞳」に「美しい」で、ひとみ。

「それがいい！」最後に美和が決めた。「あたしの『美』の字も入ってるしね」

「あ、そうだ。言われて初めて気がついた」

「えー、ひどい」

病室に、笑い声が響いた。僅《わず》か四か月前のことだ。

大きな目をキョロキョロと瞳美が動かす。その顔を覗き込みながら、荒井尚人は手話で語り掛けた。

〈ママを探してるのかな？　ママは買い物。お姉ちゃんも一緒だよ〉

瞳美が笑う。ただ手を動かしているだけで面白いのか。日本手話は表情の変化も伴《ともな》うからそれへの反応かもしれない。

〈お姉ちゃんが学校に持っていくカバンを買いに行ったんだ。もう五年生になったからランドセルは嫌なんだって。君へのおみやげもきっとあるよ。なにかな？　良いものを買ってきてくれるといいね〉

荒井の手話を見ながら、瞳美も応えるように手を動かす。何もなくとも手足をバタバタさせるのはいつものことだったが、荒井は手話での語り掛けを続ける。

〈ママもお姉ちゃんもすぐに帰ってくるよ。君のことが心配でね。それともパパのことが信用できないのかな。どっちだろう？〉

「どっちだろう～？」最後の言葉だけ口に出し、瞳美の目の前で両手の人差し指を上下に動かした。彼女が楽しそうに笑う。両手を振りながら、同時に「アッアッ」と声を出した。

この声を「喃語《なんご》」というのなら、手の動きの方もやはり喃語なのではないか。そんなことを思いながら、荒井は彼女の小さな耳にかけられたものを見つめる。最近はさほど嫌がらないようになってきたが、初めてつけた時には声を上げて泣き、手足を激しく動かした。自分で取ろうとするような仕草を見せることもある。

「ごめんね」

そんな時、みゆきは決まって切ない声を出した。「嫌だろうけど、我慢してね」

瞳美は、生後一か月の時に受けた「新生児聴覚スクリーニング検査」によって、「リファー

（要再検査）」判定となった。

予感は、あった。近くで大きな音が鳴っても驚いたような反応をしない。音が鳴る方へ顔を向けたり、音の真似をしたりすることもなかった。生まれて間もない頃はまだそういう反応をしない子もいるだろう。そう自分に言い聞かせ、あえて触れないでいた。だが、たぶんみゆきも気づいていただろう。おそらく、荒井以上に。

もちろん、リファーになっただけで「聴覚に障害がある」と決まったわけではなかった。この検査は文字通りスクリーニング（ふるいにかける、選別する）するためのもので、耳に羊水が残っていたり、耳垢がつまっていたりする場合でもリファーになる。実際、「要再検査」といわれた赤ちゃんのうち半数以上は精密検査の結果「正常」となっていると聞かされた。

精密検査は、小児聴覚障害の専門医のいる病院で行われた。「ＡＢＲ（聴性脳幹反応）」と呼ばれる脳波を用いた検査で、瞳美は音刺激に対する脳波に「異常あり」とされた。その後、さらなる診察を受け、両耳とも一〇〇デシベル以上の感音性難聴《かんおんせいなんちょう》であると確定診断された。つまり「聴こえない子」である、と――。

「『あなたのせい』じゃないから」

診察室を出た後、みゆきが最初に言った言葉はそれだった。

「聴こえない子の九割は聴こえる親から生まれてくる。その親が聴覚障害の血筋とも限らない。もしかしたら私の方の遺伝かもしれない」

荒井に、というより、自分に言い聞かせるような口調だった。

「忘れないでね、この子は、瞳美は、『私たちの子』だってこと」

「……分かった」

「それで……」みゆきの声のトーンが少し落ちた。「先生のおっしゃることは、やっぱり無視できないと思うの」

――今の段階から、補聴器の装用が必要になります。

確定診断の後、医師は当然のようにそう告げた。

――音や声が聴こえないと、言語の発達が遅れます。それだけでなく、心因反応やコミュニケーション障害をもたらすこともあります。特に先天性の難聴のお子さんの場合には、補聴器や人工内耳《ないじ》によって、少なくとも一歳六か月頃までには適切な言語指導を開始しなければなりません。

「アッアッ」それまで大人しかった瞳美が、ベビーカーの中でむずかり出した。

「どうしたー？」みゆきが足を止め、娘をあやす。泣き出すまでには至らなかった。あやしながらみゆきが言う。

「とりあえずこの子に合う補聴器があるか、探してみようと思う」

「……分かった」

荒井は、同じ返事を繰り返した。

それから彼女は、医師や補聴器センターのアドバイスを受けながら、乳幼児に負担の少ない補聴器を選び、瞳美の両耳に装着した。

「最初は五分でも十分でもいいから、なるべく回数多くつけさせるようにって。とにかく『音に慣れさせる』ことが大切らしいから」

みゆきの言うことを、理解はできた。しかし、伝音性や軽度の難聴であればともかく、一〇〇デシベル以上の感音性難聴である瞳美に、補聴器の効果がどれだけあるのだろうか。

ましてや、人工内耳――。

チャイムが鳴った。続いて、玄関を開ける音。

「お、帰ってきたぞ」

思わずそう口にして瞳美のことを見たが、変わらぬあどけない顔をこちらに向けている。

「ただいま～」「ひーちゃん、帰ってきたよ～」玄関からみゆきと美和の声がする。

荒井は瞳美に、手話で〈ママとお姉ちゃんが帰ってきたぞ〉と言った。娘は大きな口を開けて笑った。


出産前後は荒井も手話通訳の仕事を休み、家事だけでなく育児の分担もしていたが、いつまでもそうしているわけにはいかなかった。みゆきが有給で休めるのはお産前後の十四週だけ。瞳美が一歳になるまでは育児休業手当が健康保険から出るが、半額ほどだ。むしろ荒井は、今まで以上に収入を得なければならない立場に置かれたのだった。

「パパ、頑張って稼《かせ》いできてね」

「パパアラチャン、ファイト！」

みゆきと美和から冗談交じりの言葉で送り出され、玄関を出る。マンションのベランダから振られる手は、二つから三つに増えた。――頑張って稼がなきゃな。

そうは言っても、地域のコミュニティ通訳は毎日あるわけではない。県のセンターだけでなく、転居してから仕事が途切れていた東京都の手話通訳士派遣センターや、他のルートで過去に依頼があったところにも電話を入れ、「仕事があったらください」とことづてを残していた。

初めての相手から手話通訳の依頼があったのは、そんな頃だった。

「アーバン・プロモーションの梶原《かじわら》と申します」

涼やかな女性の声が携帯電話の向こうから聴こえてくる。

「突然にすみません、――さんからご紹介いただいて電話しております」

「はい、お聞きしています」

以前に二度ほど仕事をしたことのある、都内のイベント企画会社からの紹介だった。

「どういったご依頼でしょうか」やはりイベントの類《たぐい》かと思いながら尋ねる。

「企業のCM発表の記者会見なんです。日時は来月三日の十五時から。場所は品川《しながわ》のイベントホール。詳しいことはメールをお送りいたします。日時の方は問題ないでしょうか」

スケジュール表を見るまでもなくその日の予定は空いていた。だが――CM発表の記者会見？　予想外の依頼内容に戸惑いながら、「日時は大丈夫です」と答える。

「良かった。ではすぐにメールいたしますのでご確認ください。どうぞよろしくお願いいたします」

自宅に戻ると、「アーバン・プロモーション　梶原亜希《あき》」名のメールはすでに届いていた。いかにも手慣れたビジネスメールの挨拶の後、依頼内容が記されている。有名な自動車メーカーの新作のCMが今夏からオンエアされるにあたっての発表記者会見。そのCMに出演する当社の所属モデル・HAL《ハル》の手話通訳を頼みたい、ということだった。

会社とHALについては、それぞれリンクが貼られてあった。

アーバン・プロモーションは、恵比寿《えびす》に事務所を構える中規模程度のモデルエージェンシーのようだった。トップページに十名ぐらいのモデルの顔写真が載っていたが、もちろんどの顔にも見覚えはない。

HALの名はその筆頭にあった。

「端整」という表現がふさわしい顔立ちをした青年だった。年齢は二十代前半といったところか。名前をクリックすると別ページに飛ぶ。様々なポーズをとる全身の写真の下に、年齢・身長・体重、仕事の実績などが記されている。元のメールに戻り、HAL名のリンクをクリックした。

彼の顔写真とともに、詳しいプロフィールが記されていた。

本名・牧野《まきの》晴彦《はるひこ》。一九九四年生まれで今年二十二歳。三歳の時に失聴し、中学まではろう学校へ通う。地域の公立高校から一般大学へと進学。広告関係の仕事に従事する父親の関係で在学中からモデルの仕事を始め、雑誌やファッションショウなどで活躍。一部のファンの間ではその頃から人気があったが、今年二月にロックバンド「リインカーネーション」の新曲のプロモーションビデオに出演して話題になる。今夏からオンエアされる自動車メーカーの新作ＣＭに出演が決定した――。

それで記者会見か。概要は分かった。荒井は梶原宛に、仕事を引き受けることと、手話通訳料金については都の派遣センターの費用体系を参照してほしい旨、返信をした。


「え、ＨＡＬの記者会見？　アラチャンが通訳するの？」

食事中の箸を止め、美和が大きな声を出した。夕食の席で、何気なく「新規の依頼」の話題を出したのだった。

「知ってるのか？」

「知ってる知ってる！　お母さんには前にユーチューブ見せたよね！」

「そうだっけ」

瞳美に離乳食を食べさせている最中で、みゆきの反応は薄かった。今月に入ってから、瞳美はリンゴのすり下ろしたものやヨーグルトなどを少しずつ食べるようになっていた。

「見せたじゃない、もう！」美和が苛立つ。「お母さん、スマホかして！」

テーブルに置かれていたスマートフォンを取り、器用に操作してからこちらに画面を向けた。

「リインカーネーションの『サンサーラ』って曲のプロモ！　ＨＡＬ、これに出てるの！」

演奏の動画が始まった。荒井はロックバンドらしきそのグループを見たことはなく、名前を聞くのも初めてだった。やがて音楽はそのままに画面だけが変わる。風景などイメージ風の映像が続いた後に突然画面が暗くなり、一人の青年の姿が浮かび上がった。HALだ。白いワイシャツに黒いタイトなデニム姿の彼は、左右に身をくねらせながら両手を滑らかに動かしていた。

手話、なのだろうか。振り付けのようになっていて、その意味はとりづらい。画面に出てくるデザイン化された文字により、歌詞の内容を手話で表現していることが分かった。

音楽にシンクロした流れるような全身の動きは、確かに美しかった。

「かっこいいでしょ！　うちのクラスの女子の間でも人気なんだよ！　記者会見やるんなら、もしかしてアラチャンもテレビにうつるんじゃないの。友達にじまんしちゃう！」

荒井はHALのことより、この間までテレビと言えば子供番組のキャラクターやアニメの登場人物の話しかしていなかった美和が、「芸能人」に興味を持ちだしていることに驚いていた。

「ね、サインもらってきて！」美和が興奮気味に言う。「あ、それよか写真がいいかな。アラチャン、HALとツーショットとってきてね！」

美和はすっかり盛り上がっている。まさかそんな有名人だったとは思わなかった。気になるのは、HALの使う手話のことだった。今の動画では、普段彼がどういう手話を使うのかは分からない。記者会見の前に、本人と会っておく必要を感じた。

翌日、梶原に【記者会見の前にHALさんにお目にかかれないか】とメールをしたところ、すぐに返信があった。三日後にCMのクライアントや代理店との顔合わせがあるので、その際通訳として来てもらえればありがたい、ということだった。もちろんその費用は別途支払う、顔合わせの前にＨＡＬのことは紹介する、と。それだったら願ってもない。スケジュールを確認してから、【了解しました】という返事をすると、再びすぐに返信がきた。場所、日時の後に、

【顔合わせ、記者会見ともにスーツ着用でお願いします】

と記されていた。

指定されたのは、広告代理店の本社が入っている赤坂《あかさか》の巨大インテリジェントビルだった。そのビル自体が周囲のランドマークであったから、迷うことなく時間前にたどり着いた。

正面入り口からだだっ広いフロアへと進み、それらしき女性を探しながら歩いていくと、背後から「荒井さんですか」という涼やかな声がした。

ショートカットでスーツ姿の女性がこちらに近づいてくる。

「梶原さんですか」

「はい、お待ちしていました」

まだ三十代半ばぐらいだろう。本人も現役のモデルであってもおかしくないスタイルの良さだった。

チーフマネージャーという肩書の名刺を受け取り、「荒井です。よろしくお願いします」と一礼する。

「よろしくお願いします」

梶原はすっと荒井の全身に視線を移動させてから、「うん」と肯《うなず》く。

「いいんじゃないですか」

「いい？　何がでしょうか」

「失礼」梶原はくすっと笑ってから「行きましょうか」

先導するように、受付へと向かった。ＨＡＬの到着を待つのかと思ったが、そのまま二人で入館手続きを済ませ、中へと入っていく。

「ＨＡＬさんは」

「先に入って別件で衣装の打ち合わせをしています」

「通訳がいなくても大丈夫なんですか？」

「ああ、スタイリストは慣れていますから」

エレベータを待ちながら、梶原が続ける。

「私や事務所のスタッフも、普段は彼とは通訳なしで話しているんです」

「そうですか……ではある程度聴こえる方なんですね」

「いえ、全く聴こえません。相手の口を読むんだそうです」

聴覚口話法《ちょうかくこうわほう》――中学まで通ったというろう学校でマスターしたのだろうか。だが彼の年齢からすれば、さほど口話教育が厳しかった時代とも思えない。プロフィールを読んだ限りでは親は聴者《ちょうしゃ》のようだった。就学前から熱心に読話《どくわ》や発語《はつご》の訓練をさせたのかもしれない。

「あとはスマホを使ったりして、普段の会話は不自由ないんです」

「とすると、今日の通訳というのは？」

「ええ、普段の会話は今言った通りですけど、会見の時はもちろん、クライアントと話す時は手話を使いますから。その時に通訳してもらいたいんです。複数の相手から同時にしゃべられるとさすがに口の動きも読みづらいみたいだし」

「なるほど。分かりました」

エレベータが到着し、二人で乗り込む。梶原は十五階のボタンを押した。

「今までは」

移動していく階数表示のランプを眺めながら、梶原が言う。

「手話通訳が必要な時は、比較的若い女性の方を頼んでいたんです。でもこれから露出が増えることを考えると、そばに若い女性がいるっていうのはイメージが良くないんじゃないかと考えて。女性ファンの嫉妬《しっと》を買うかもしれないでしょ？」

「はあ」そういうものなのか、と思いながら相槌《あいづち》を打つ。

「それで、これからは落ち着いた年恰好の男性通訳の方を頼もうということになって。あちこちに聞いて回ったんです。スキルだけじゃなくて、多少見栄えも……もちろんＨＡＬがかすんじゃうようなイケメンじゃ困りますけど。適度に堅くて知的なイメージ。さっき荒井さんを見て、うん、ちょうどいい感じって」

梶原はそう言って、いたずらっぽい笑みを浮かべた。

どう反応していいのか戸惑う。セミナーなどの際にスーツ着用を言われたことは過去にもあるが、それ以外の「外見」について言及されたのは初めての経験だった。

「さっき言ったようにＨＡＬは普段の会話はさほど不自由がないので、今までの仕事では通訳さんを頼んでいても本人がしゃべることも多かったんだけど」

梶原が続けた。口調は少しずつラフなものになっている。

「これからはそれはやめて、手話オンリーでいこうと思ってるの。手話って、なんかクールでしょう？」

手話がクール。そんな風に思ったことはなかったが、言わんとしていることは理解できた。昔、アイドルなどは必要以上にしゃべらないようにとされた時代もあったという。それと同じようなことだろう。

「イメージ、ですか」

「そう。分かってるじゃない」

目的階に到着したらしく、エレベータが止まった。ドアが開き、梶原に続いて廊下に出る。

「おはようございまーす」

すでに午後だったが、梶原はすれ違う相手と軽やかに挨拶を交わしていく。今までとはずいぶん勝手の違う仕事になるようだ。少なからず不安を覚えながら、彼女の後を追った。

「おはよう」

梶原が開けたドアの隙間から、広い部屋の中にポツンと置かれたパイプ椅子に座る青年の姿が見えた。

「衣装合わせは終わった?」

「はい、問題なく終わりました」

近くに立っていた女性が答える。青年――HALの視線が、入り口に所在なく立った荒井のことをとらえた。立ち上がると、小顔ゆえかプロフィールに書かれた身長以上に背が高く見える。

「ああ、荒井さん、どうぞ入って」

ようやく思い出したように梶原が振り返る。「はい」とドアを閉め、中に入った。

手話で挨拶をしようとしたが、HALの方が先に、

「こんにちは」

と「音声日本語」で言った。想像以上に明瞭な発音だった。

荒井の知る「聴こえない人」の中では、「フェロウシップ」の片貝が最も音声日本語が巧みだったが、彼よりもはっきりとした発声だった。全く聴こえなくとも訓練すればこれだけ上手に発語できるものなのか。「音声で言語を習得した後」ゆえなのか? これまで気にしたことのなかったあれこれが、どうしても気になってしまう。――仕事に集中しなければ。

「初めまして。手話通訳を務めます、荒井といいます」

梶原に言われた通り、とりあえず音声日本語で自己紹介をする。

「よろしくおねがいします」HALが答える。

「梶原さんからは、公《おおやけ》の場では手話のみでお話しされるとお聞きしています。読み取りは問題ないと思いますが、私の方が使う手話はどうしましょう。『声付き』でやった方がいいでしょうか」

これだけ口話を使うということは、おのずと「日本語対応手話」になるだろうと思い、そう尋ねた。

「ああ、声は出さないでください」横から梶原が言う。「あくまで手話オンリーで」

それでは、と手話に切り替え、改めて尋ねる。

〈では、日本手話でいいのでしょうか〉

HALが肯き、〈日本手話でいいです〉と同じく手話で応える。〈少しゆっくり〉〈話してもらえれば〉〈分かると思います〉

〈分かりました〉

この後、クライアントや企業の担当者と会って、顔合わせを兼ねた簡単な打ち合わせが行われた。

HALの手話は、日本手話とも日本語対応手話とも言えない、いわゆる「混合型」「中間型」といわれるタイプのものだった。

単語だけを並べたようなものではないが、NMM《エヌエムエム》（非手指標識：表情や肯き、眉の上げ下げなどで助詞などを表す）やロールシフト（視点を変え、自分以外の役割を演じること）といった日本手話独特の表現までは使いこなせない。そのため使役や受け身といった文法は分かりにくかったが、文脈を通して荒井はそれを通訳していった。

クライアントの言葉を手話に訳すときも、表現が速くなりすぎないように気を付け、声には出さなかったがいつもよりマウジング（口の動き）を多用した。当初はちらちらとクライアントの口元にも目をやっていたＨＡＬだったが、途中からは荒井のことだけを見るようになった。

慣れない仕事でかなり神経を使ったが、終わってから梶原に「ありがとう、おかげさまでうまくいったわ」と労《ねぎら》われ、安堵《あんど》した。通訳料を受け取って帰ろうとした荒井を、梶原が呼び止めた。

「この後お時間あります？　ＨＡＬが食事でもどうかって言ってるんだけど」

一瞬、返答に迷う。「……時間はありますが、食事は家でとるので、すみませんが」

「じゃあお茶でも。ＨＡＬが荒井さんともう少しお話ししたいんですって。ちょっとだけ付き合ってくれると嬉しいんだけど」

そこまで言われて無下には断れなかった。

少し歩いた駅近くのカフェレストランを指定された。先に行って待っていると、やがて入り口にＨＡＬが現れた。梶原やスタイリストも一緒かと思ったが、意外にも一人だった。場所柄スタイリッシュな男女が多い店内だったが、ＨＡＬのルックスはやはり人目を引く。ウェイトレスや客の何人かが振り返っていた。

視界に入るよう手を挙げると気づき、笑みを浮かべて近づいてくる。

〈今日はお疲れさまでした〉

荒井の手話に、ＨＡＬも〈お疲れさまでした〉〈いろいろありがとう〉と応え、席に着いた。ウェイトレスがやってきて、水の入ったグラスを置く。ＨＡＬは、「あいすこーひー」と音声で注文をした。

ウェイトレスが去ると、ＨＡＬはふぅーと息をつき、耳に手をやった。器用な仕草で、両耳から小さな補聴器をはずし、テーブルに置く。耳穴にいれるタイプの、小さく目立たないものだ。髪で半分耳が隠れていることもあって、装着していることに気づかれることはまずないだろう。

荒井の視線を追ったＨＡＬが、〈最近は〉〈仕事以外の時は〉〈はずすんです〉と言った。〈静かで〉〈ホッとします〉

クライアント相手に見せていた笑顔とはまた別の、くつろいだような表情だった。

普段、「聴こえない人たち」と数多く接している荒井だったが、こうしてプライベートな会話をする機会はあまりない。どうしてもそのことを尋ねずにはいられなかった。

〈ＨＡＬさんのご両親は、「聴者」ですか〉

〈はい〉

〈三歳の頃に失聴したとお聞きしていますが、その時からずっと補聴器を？〉

ＨＡＬはちょっと首を傾げ、〈たぶんそうでしょう〉と答える。〈記憶にある時にはもうしていましたから〉

続けて尋ねる。〈口話は、ろう学校で?〉

〈学校でも〉〈多少は学びましたけど〉少し考えるようにしてから、〈三、四歳の頃から〉〈「言葉の学校」のようなものに通って〉〈訓練を受けました〉と答えた。

言葉の学校。そう聞いて思い出した。いつだったかパソコンでインターネットを立ち上げた時、みゆきが検索したらしきサイトがフォルダーバーに残っていたことがあった。

「難聴幼児通園施設」「ことばときこえの相談室」「難聴児支援センター」……。そのフォルダーを開くことはしなかったが、「未就学の難聴児のための療育《りょういく》機関」を調べていたのだろう。HALが通ったのもそういう類のものかもしれない。

「あらいさん」

HALの声に、彼の方を見た。

〈あなたの親は〉〈「ろう者」ですか?〉

荒井は肯いた。〈両親、兄——私以外は全員がろう者でした〉

〈やっぱり〉

HALは納得したように肯いてから、〈実は〉〈お願いがあるんです〉と続けた。

〈何でしょう〉

〈僕に〉〈手話を教えてもらえませんか〉〈日本手話を〉

〈私が? あなたに手話を?〉

HALは肯いた。

〈僕の手話は〉〈ろう学校にいる時に〉〈同級生の手話を見様見真似《みようみまね》で覚えたものです〉〈ちゃんと習ったことはない〉〈分かるでしょう？〉

荒井は肯いた。それは分かるが……。

〈これからは〉〈手話で話す機会が〉〈多くなります〉〈ちゃんとした手話を〉〈話せた方がいい〉

〈いや、あなたの手話だってちゃんとした――〉

〈空いている時間で〉〈いいんです〉ＨＡＬは荒井の言葉を遮《さえぎ》り、続けた。〈今日みたいに、仕事の前後でも〉〈あなたと僕の〉〈都合が合う時で〉〈もちろん〉〈その分の料金は〉〈通訳料とは別に〉〈支払いをするよう〉〈事務所には言っておきます〉

〈いや、しかし……〉

分かりました、と即答はできなかった。確かに日本手話に関しては荒井の方に一日《いちじつ》の長があるとしても、「聴こえる」自分が「聴こえない」相手に手話を教える、ということに抵抗があった。それに、「手話を教える」ことを専門に学んだわけではない。本当に学びたいのであれば、ろう者が講師を務める手話教室なりに通うべきではないか……。

荒井の考えを見透かしたように、ＨＡＬが言った。

〈町の手話教室は〉〈時間が決まっていますから〉〈通うのは無理です〉

〈個人レッスンというのも探せばあるんじゃないんですか？　個人宅にも来てくれるような〉

〈だから〉〈それをあなたに頼みたいんです〉〈駄目ですか？〉

返答に窮《きゅう》した。いつか、甥《おい》の司から「音声日本語を教えてほしい」と言われた時のことを思い出す。置かれた状況も立場も違うが、あの時なぜ無下に断ってしまったのか、という苦い思いは今でも残っていた。「空いている時でいい」というのであれば、断る理由はない気がした。しかも、その分の料金がプラスされるのであれば――。

〈分かりました〉

荒井は答えた。〈スケジュールが空いている時に、という前提ですが〉

〈良かった〉〈事務所に伝えます〉

HALは顔をほころばせた。

〈今日は〉〈時間はありますか?〉

〈一時間ぐらいだったら……今から始めましょうか〉

〈お願いします〉

真剣な表情でHALが座り直した。

どこから始めようか、と考える。彼の手話に足りないのは、やはりNMMとロールシフト、そしてCL《シーエル》(Classifier:分類する、の略で物の形や大きさなどを表す類別詞)か。

〈例えば、今日の打ち合わせの時に出ていた表現ですけど……〉

CM発表の記者会見は、無事終わった。会見の模様がテレビで流れることこそなかったが、HALが出演するそのCMについては、オンエアされるようになってからいくつかの芸能メディアが取り上げた。

『今話題の「サイレント・パフォーマー」』

『静かなるイケメン男子』

そんなキャプションが付けられ、CMから抜粋したHALのクローズアップや流れるような手の動きがテレビの情報番組で紹介されることもあった。今までは一部の若い子たちの間だけで語られる存在だったのが、いよいよ「全国区」になったのだ。

雑誌の取材で再びHALの通訳の仕事をこなした翌日の朝。行ってきますも言わずに登校していった美和を見送った後、みゆきが非難めいた声を出した。

「サイングらいもらってきてあげればいいのに」

昨日の仕事がHALの通訳だったということは美和も知っていた。せがまれていたサインもツーショット写真も持ち帰らなかったことで、昨夜からご機嫌斜めなのだ。

「仕事だからな」

「相変わらず融通が利かないのね」

皮肉な口調で言ってから、「でも、少しはあの子のご機嫌もとらないとね」と真顔になった。

ここのところ、美和が苛立ち気味なのには荒井も気づいていた。二人目の子ができると上の子が赤ちゃん返りをするという話はよく聞く。さすがにもうそんな年齢ではないだろうと思っていたのだが……。

「そろそろ私たちも出ましょうか」

みゆきに言われ、出かける支度をする。今日は、瞳美を連れて県内の医療センターへ行く予定になっていた。

瞳美が確定診断を受けたその医療センターには「難聴ベビー外来」というものがあり、受診のほか聴力検査や補聴器の調整などもしてくれる。医師以外にも様々なスタッフがいて、「今後の療育」について支援をしてくれるという。

荒井も、みゆきと並んで彼らの話を聞いた。

主治医となったのは、「小児聴覚障害の専門家」だという五十歳ほどの耳鼻科医だった。

「しばらく補聴器装用でどれぐらい効果があるかを見て、人工内耳については一歳を目処《めど》に検討しましょう」

医師は事もなげに言った。

「今はほとんどの聴覚障害児が人工内耳をしています。早いうちに手術をしてリハビリを行えば、聴こえる子と変わらない療育ができます。適応基準は聴力レベルが九〇デシベル以上となっていますから、お子さんは適応対象です」

まるで「良かったですね」とでも言いたげな口調だった。

次に紹介されたST（言語聴覚士）という若い男性は、

「親子で言葉のコミュニケーションをとっていけるというのは本当に素晴らしいことですし、それを望むのは親として普通の感情だと思います」

と、笑顔を絶やさずに言った。

「まずは、高音域の言語音に最大限触れられるようにしましょう。言語やコミュニケーションの能力は、生後二、三年のうちに急速に発達しますから、訓練の開始が遅れると、これらの能力の発達も遅れてしまうんです」

荒井は、自分が手話通訳士であることも、親兄弟がろう者であることも彼らには話さなかった。みゆきも伝えていないようだった。伝えていれば、さすがにあんな言い方はしなかっただろう。

「人工内耳をすれば、手話を覚える必要もありません」

医師は、はっきりと言い切った。

「もちろんある程度の訓練が必要ですが、聴こえる子と変わらないように発語ができるようになりますから」

みゆきは、彼らの話を黙って聞いていた。

その日は、珍しく瞳美がぐずった。医療センターからの帰り道から泣き始め、マンションに戻ってからも泣き止まなかった。オムツを汚したわけでもお腹が空いたわけでもないらしいのに、抱いてもベッドに寝かしても泣き止まない。

「外の環境が合わなかったんでしょ。大丈夫、泣き疲れたら収まるから」

みゆきは悠然《ゆうぜん》と構えていたが、荒井は、どこか悪いのではないかとついオロオロしてしまう。

母親の見立て通り、泣き疲れたのか小一時間もしたらスヤスヤと寝息を立てるようになった。

その様子を確かめてから、二人でダイニングに戻った。

「ビールでも飲む?」

みゆきはそう言ってキッチンに向かおうとしたが、まだ陽は高い。

「いいよ。ちょっと座って話そう」

彼女は無言のまま戻ってきて、向かいに座った。

「一度、きちんと話し合わないといけないよな」

荒井はそう切り出した。何を、とみゆきは訊かなかった。代わりに、

「あなたの言いたいことは分かってる」

と低い声で答えた。

「俺が言いたいこと？」

「あんな医者にはもうかかるな、っていうんでしょう？」

思わず苦笑した。「そんなことは」

「あんな医者の言うことは聞くな、かな。どっちでも同じよ。あなたは医者の言うことなんか初めから信用していない。『聴こえない人』のことは自分の方がよく知ってる。そうでしょう？」

「ちょっと待ってくれ――」

制したが、彼女は早口で続ける。

「でも、あなたは『聴こえない子』を育てたことはない。『聴こえない人たち』のことはよく知っていても、『聴こえない子供を持った親の気持ち』は分からない」

「分からない？」思わず声が大きくなった。気づいて、トーンを落とす。

「分からないってことはないだろう。俺も今、『聴こえない子供を持った親』だ」

「……そうね」

言いすぎたと思ったのか、みゆきが俯《うつむ》いた。

「医者のことは関係ない。要は俺たちで話し合い、よく考えて決めることだ。そうだろ？」

彼女が無言で肯くのを見て、続けた。

「人工内耳については、正直言って俺もよくは知らない。もしかしたら君の方が俺より詳しいのかもしれない。だが、一つだけ間違いなく言えるのは」

一瞬、その言葉を口にするのをためらった。だが、やはり言わなければならない。みゆきに理解してもらわなければ。

「いくら人工内耳をしても、その後いくら訓練したとしても、『聴こえる子』にはならない」

みゆきは何も答えなかった。硬い表情で押し黙っている。

「聴覚レベルは多少上がるかもしれない。だがそれでも、瞳美が『難聴児』であることに変わりはないんだ」

「――分かってる」

みゆきは短く答えた。

そう、彼女は「分かっている」のだ。

自分が今言ったことなど、彼女はとっくに理解している。瞳美の確定診断が出てから、いやもしかしたらその前から。彼女は何度も何度も繰り返しそのことを考えてきたのだろう。

荒井もまた、彼女の言いたいことが分かった。

それでも、僅かな可能性に縋《すが》りたい。少しでも瞳美が「聴こえる」ようになるのなら。言葉でコミュニケーションがとれるようになるのであれば。「音の世界」に触れることができるのであれば。親として、その可能性にふたをするべきではないのではないか——。

いや。荒井は、俯いたみゆきの顔に目をやった。本当に自分は分かっているのだろうか。

みゆきと結婚する前の荒井は、子供をつくることにためらいがあった。生まれてくる子供が「聴こえない子」であったら、という恐れを抱いていた。しかし、いざ生まれてきた子が「聴こえない」と分かった時、そのことに衝撃はなかった。やはりそうだったか、と自然に受けとめることができた。

だが、みゆきはどうか。

彼女の恐れは、むしろ瞳美が「聴こえない子」であったと知った時から始まったのではないか。

その可能性を知りながら荒井と結婚し、子を宿し、結果としてわが子を「聴覚障害者」としてこの世に産み出してしまったこと。子を思う気持ちと自責の念と。不安と期待と。夫への遠慮と親としての責任と。

そう、もう一人の親が自分であるからこそ、彼女の悩みは深く、複雑になっているのではないか。

聴こえなくとも手話がある。自分たちの言語がある。聴こえないことは決して不幸なことではない。父親である自分がそう無邪気に信じ切っているがゆえに、彼女は、母親としての本当の思いを口にできないのではないか。

あなたたちの言葉を、私が覚える。

かつてそう言い切ってしまったことを、悔いているのではないか。その言葉に嘘はなかったとしても、今現実を目の当たりにして、「音の世界」を捨てきれない自分を感じている。

彼女を悩ませ、葛藤させているのは、他ならぬ荒井自身なのだ――。

「夕飯の支度するね」

みゆきが立ち上がった。二人の会話は、それで終わった。


「SNSでは、かなりの話題よ。トレンドにもあがってる」

梶原が、そう言ってにんまりとした。

女性週刊誌の取材の席だった。今日は最初に写真撮影があるらしく、HALは別室でヘアメイクを整えてもらっていた。

雑誌の取材、広告の撮影、イベントへの出演――HALには次々と仕事が舞い込み、その都《つ》度《ど》荒井も通訳の依頼を受けた。

クール・サイレント。

ある雑誌が見出しに付けたその呼び名が、最近のHALのキャッチ・コピーになっていた。

「これからますます忙しくなるわよ」

梶原はかなり上機嫌だった。

「手話のレッスンの件も聞いてます。今日もこの後あるんでしょう」

「はい、すみません勝手に」

手話の個人レッスンに関しては、通訳の依頼とは別にHALから直接メールが入るようになっていた。仕事以外の時でも互いの空き時間を利用して落ち合うこともあった。

「いいのよ。私は今のままでも十分だと思うけど、本人がやる気になってるから」

梶原はそう言ってから、「HAL、あなたのことがずいぶん気に入ったみたい」と続けた。

「ああ見えて結構人見知りする方なのよ。珍しいこともあるもんだと思って。とにかくこれからもよろしくね」

「お待たせいたしましたぁ」

ヘアメイク担当の女性と一緒に入ってきたHALは、準備をしているカメラマンに近づくと、

「さかいさん、おひさしぶりです」

と音声日本語で挨拶をした。どうやら顔馴染《なじ》みらしい。

「おー、久しぶり。最近凄《すご》いね、超売れっ子じゃない」

「そんなことないですよ」

談笑しているHALを、梶原が見咎《みとが》めた。

「HAL」

眉をひそめて声を掛けるが、彼には聴こえない。荒井は手をひらひらさせHALの注意を引

く と、梶原の方を見るよう指さした。

ＨＡＬが視線を向けると、梶原は唇に人差し指を当てた。彼は肯き、手話で〈了解〉と返した。

〈こちらは用意できましたから、いつでも〉

ＨＡＬが手話で言うのを荒井が音声日本語に通訳をする。カメラマンは少し戸惑ったような顔をしたが、「こちらも準備できましたので、じゃあ始めましょうか」と答えた。

カメラを向けられると、途端にＨＡＬは仕事の顔になった。

「視線こちらにお願いします」

「次、腕組んでもらおうかな」

「ちょっと伏し目がちに」

カメラマンの指示も、その脇に立った荒井が手話で伝えた。ＨＡＬは次々に表情とポーズを変えていく。二人で会っている時とは全く違うその姿を、荒井は不思議な思いで眺めていた。

取材が終わった後、近くのカフェでレッスンのために再びＨＡＬと落ち合った。

〈不思議なもんですよね〉

髪をかき上げた時に、ちらりと耳が見えた。彼が最近、補聴器をしていないことに荒井は気づいていた。

〈家や学校では、「手話を使うな」ってずっと言われてたのに〉〈今は「声を出すな」って言わ

れる〉

その表情には少しばかり疲れが見えた。

〈それでいて、マネージャーは二人の時は平気で声でしゃべり掛けてくるんだ〉〈ふざけて手話で返すと、「やめてよ、二人の時は声を出していいの」だって〉〈勝手なもんだよね〉

短期間のうちに、HALの日本手話はかなり上達していた。一度日本語対応手話に慣れてしまうと日本手話をマスターするのは初心者より難しいと聞いたことがあるが、彼に限ってはそういうことはなかった。多少なりともろう学校で彼らの手話に触れてきた経験があるからだろう。

〈それは勝手だな〉

彼の手話はフレンドリーなものになっていたので、荒井もそれに合わせる。そんな気安い会話の中で、何気なく訊いてしまった。

〈君自身は、本当はどちらの方がいいの〉

HALは、戸惑うような表情になった。

〈どっちがいい、と考えたことはなかったな〉

そして、当たり前のように答えた。

〈相手が口で話せばこっちも口で話し、相手が手話だったら手話で〉〈こっちに選択肢はなかったから〉

その答えに、荒井は臍《ほぞ》を噛《か》んだ。愚かな質問をしてしまった——。

しかしHALは意に介した様子はなく、〈どっちがいい、というより〉〈どっちも中途半端だったから〉と続けた。

〈物心もつかないうちから訓練したおかげで、かなり口の動きは読めるようになったし〉〈発音も、自分では分からないけど、上手だって言われる〉

〈上手だよ〉荒井は言った。決しておべんちゃらではなかった。

〈ありがとう〉そう言ってから、〈でも〉と彼は薄く笑った。

〈聴者と同じ、というわけにはいかないでしょう？〉〈やっぱりどこかおかしな発音なんでしょう？〉

〈いや〉どう答えていいか、困った。かなり聴者に近い、とは思う。しかしそれは、確かに彼の言うように「聴者と同じ」とは言えなかった。

〈聴こえの方は、それ以上に「聴者と同じ」とはいかない〉

HALは、いつになく饒舌《じょうぜつ》に続けた。荒井のくだらぬ質問が彼の何かを刺激したのか。今日の梶原とのやり取りが、彼の抑えていた鬱屈《うっくつ》を露《あら》わにしたのかもしれない。

〈いくら補聴器をしても、口の動きを読むのが上手になっても、相手の言っていることが全部分かるわけじゃない。実際のところ、半分も分かってないでしょう。二人以上になったらお手上げ。「分かった振り」をして適当に相槌を打つしかない。でも相手は「分かってる」って思うから、平気で普通に話し掛けてくる。マネージャーみたいにね。いや、高校の時からそうだったし、大学でも同じだった。「普通に接してもらいたい」って思っていたはずなのに、「何で普通に話し掛けてくるんだ」ってイラついてしまう。「こっちは聴こえないんだぞ、分かってくれ！」って心の中では叫んでる……〉

彼はそこで手を止めた。その頃のことを思い出しているのか少し間を置くと、〈手話の方も同じようなもの〉と再び話し始めた。

〈高校でインテグレートしてからしばらく手話と離れていたんだけど、大学一年の時、気まぐれでろう学生のサークルにちょっと顔を出したことがあったんだ。行ってすぐに後悔した。そこで話される言葉はバリバリの日本手話。ほとんどついていけなかった。分かるでしょう？〉

よく分かる。子供の頃から慣れ親しんだ、デフ・コミュニティ。おおらかで、遠慮がなく、にぎやかに日本手話が飛び交うろう者の集まり。しかしそれは時として、同じ言葉を話さぬ者には入っていけない雰囲気を感じさせてしまうことも――。

〈でもその時、妙な懐かしさも覚えたんだ。ろう学校に通っていた中学校の頃は、対応手話とか日本手話とか気にせず、何の気を使うこともなくしゃべっていた。授業中は先生の口を読もうと、正しい発音で発声しようと必死だったから。休み時間の手話での会話だけがホッとするひと時だった。その頃のことを思い出して、ああ、やっぱり普通に言葉が通じるのっていいなあって、思ったんだ。自分は聴こえないんだ、自分は「ろう者」じゃないかって――。でも、モデルの仕事をするようになってろう者のコミュニティとも疎遠になってしまって……そんな時、荒井さんに会ったんだ。久しぶりに日本手話を見て、何だかホッとした〉

ＨＡＬは、荒井のことを見つめ、言った。

〈ああやっぱり手話が自分の言葉なんだ。そう思った〉

「ついにきたわよ、テレビの仕事が！」

梶原が弾んだ声で電話をしてきた。民放局のモーニング・ショウ、「今週のシュン！」というコーナーへの出演が決まったのだという。

「荒井さんもおめかししてきてね」

冗談めかした言葉の中に、梶原の高揚《こうよう》した心のうちが伝わってくる。番組自体は生放送だったが、インタビューの収録はその前日にテレビ局のスタジオで行われた。

ＨＡＬは待機していたスタッフ一人ひとりに頭を下げ、最後にインタビュアーである女性アナウンサーの前に立つと、

〈よろしくお願いします〉

と手話で挨拶をした。荒井はいつものように、ＨＡＬから見やすいようアナウンサーの斜め後ろに立ち、それを音声日本語にする。

「えーと、通訳さん、その位置だと2カメに映っちゃうね」

ディレクターと紹介された三十代の男性が言う。

「こっち来て」自分の近くを指した。

その位置だとＨＡＬの視線が揺れてしまうと思ったが、言われた通りに移動した。

「じゃ、テストで。二人でちょっと何か話してみて」

ディレクターの指示で、アナウンサーが「こんにちは」と挨拶をする。HALも手話で挨拶を返す。

「最近、凄い人気ですね。ご自分ではこの人気をどう思われますか」

荒井がそれを日本手話でHALに伝える。HALはそれを見て、同じく日本手話で答える。

〈自分ではよく分かりませんね。仕事が忙しいのは確かですけど。テレビの仕事も初めてで、かなり緊張しています〉

荒井がそれを音声日本語にする。それを受けてアナウンサーが、

「えー、全然緊張しているようには見えませんが。とても落ち着いて見えますよ」

荒井が日本手話にし、それを見たHALが答える。

〈そうですか？　うまく受け答えできるといいんですけど〉

「ちょっと止めて」ディレクターが声を上げた。

「んー、そういうことかぁ」腕を組み、困ったような声を出す。HALに向かい、

「えーと、まず、HALさん、答える時は視線はあくまで彼女の方に。通訳さんの方を見ないで」

次に荒井の方を向いた。「で、やっぱいちいち通訳しなくちゃいけないわけ？」

「そうですね」

荒井は答えながら、ディレクターの指示をHALに伝えた。

〈答える時は、アナウンサーに向かって答えてください〉

〈了解。すみません〉ＨＡＬが微苦笑した。

「うーんと……」ディレクターはモニターの横で見守っている梶原の方を向いた。「手話と同時にしゃべってもらうわけにはいかないんですかね。よくそうやってインタビュー受けてる聴覚障害者の人を見ますけど」

「それはすみません」梶原が愛想笑いを浮かべながら頭を下げる。「基本、手話しか話せないので」

「そっかぁ。じゃあしょうがないな。まあ今回は編集するんで問題ないですけどね。通訳さんの音声はカットしてＨＡＬさんのアンサーはテロップ処理しますんで」

「お願いします」梶原が再び頭を下げる。

「でもなんか、ＣＭのイメージとだいぶ違いますね」ディレクターが言う。

「あれはまあ手話というか、パフォーマンスみたいなものですので」

「でも、ほかのところで見た手話とも違うなあ」近くにいたアシスタントに同意を求めるように言った。「昔ドラマでやってた手話とかとも違うよなあ」

「さあ、私知らないので」まだ二十代に見える女性アシスタントは困ったように答えた。

「ああ観てないか」ディレクターは再び梶原の方を向いた。「私が見たのはもうちょっとゆったりとした動きでしたけど、ＨＡＬさんのはずいぶん忙しいですね。それに表情動かしすぎじゃないですか」

「これが元からある手話みたいです。日本手話というらしいですけど」梶原が笑みをたたえたまま答える。

「まあいいんですけどね」そう言いながら、なおもディレクターは言い募《つの》った。「CMやプロモのイメージと違いすぎちゃうとそちらにもマイナスじゃないですか？　もうちょい一つ一つの手の動きをゆっくり、というか優雅にやってもらったほうがいいんじゃないかなぁ。無理？」

「いいえ、伝えてみます」梶原は、荒井の方を見て「お願いします」と言った。

通訳しないわけにはいかない。荒井が今の指示を伝えると、HALは一瞬下を向いた。だがすぐに顔を上げると、〈了解しました〉と答えた。

荒井がその返事を伝えると、「じゃあそれで。本番いこうか」ディレクターは何もなかったような顔で言った。


HALから【会いたい】というメールが届いたのは、その数日後のことだった。いつもの個人レッスンかと、日時と場所を決めた。

仕事がらみでない時には、お互いの住む場所からほぼ等距離ということで練馬《ねりま》区にある喫茶店で会うことが多かった。最近では珍しい「純喫茶」で、HALは最寄りの高校に通っていた頃によく来ていたという。少年・青年向けの漫画雑誌が多種類置いてあり、いつかそこで会った時に彼は、〈これでずいぶん日本語を勉強したものです〉と笑っていた。

しかし、その日テーブルで向かい合ったHALに、笑顔はなかった。

〈事務所から、もう手話のレッスンはしなくていいって言われた〉

開口一番、彼はそう言った。

〈そうか、分かった〉さほどの驚きはなかった。〈もう十分かな、と思っていたし〉

〈そういうことじゃないんだ〉

彼の表情は、いつになく硬いものだった。

〈「前の方が良かった」って言うんだ。日本手話と対応手話の違いも分からず使っていた以前の方が、「手話っぽかった」って〉

やはりそういうことか、と思う。この間のインタビュー収録が終わった時から、予感はしていた。

〈この前のテレビ出演の時の手話みたいなのがいいんだって〉HALが不満そうに言った。〈はっきりしていて分かりやすいし、視聴者に馴染んでもらうためにも、ああいうのがいいだろうって〉

一つ一つの動きをゆっくり、できるだけ優雅に見えるように。口や、顔の表情もあまり動かさないように。なるべくクールに見えるように——。

〈そんな手話、ろう者はもちろん、通訳者だって読み取れない、って言ったんだけど、一般視聴者の印象の方が大事なんだって。通訳者にはあらかじめ質問と答えの内容を伝えておくようにするからって〉

通訳者、という言い方で察した。それは、自分のことではないのだ。

〈レッスンだけじゃなくて、通訳の方もこれまでということだね〉

〈――すみません〉

ＨＡＬがそう言ってうなだれた。

〈事務所は、荒井さんが僕に悪影響を与えてるんじゃないかって思ってるみたいなんだ。そんなことないのに〉

〈理由はきっといろいろだろう。君のせいじゃない。気にしないで〉

〈……はい〉

しばらく、二人とも沈黙した。

〈こんな風になるなんて、僕も思ってなかったんだ……〉

問わず語りに、ＨＡＬが話し始める。

〈モデルの仕事は、割のいいバイトぐらいの感覚で始めたんだ。でも、始めてみたら思ったより面白くて……それまでは全然パッとしない、授業にもロクに出ずにバイトに精出すだけの学生生活を送ってたから。それがこの仕事を始めて、周囲から、大勢の人たちから認められるようになって……何の取り柄もないのに、ただ「顔がいい」っていうだけでね〉

ふっと自嘲《じちょう》気味の笑みを浮かべる。

〈でも正直、気分が良かったんだと思う。それまで耳が聴こえないっていうことで馬鹿にされたり邪険にされたりすることもあったから。そんな奴らを見返したつもりにもなってた……それがテレビにまで出るようになって、また変わってきたんだ。不安な気持ちと誇らしい気持ちが混ざってグチャグチャになってきちゃって……取材を受けることも気が進まなかったけど、マネージャーから「聴覚障害者のことを世間の人にもっと知ってもらうためにもあなたがメディアに出ていくのは悪いことじゃない」って言われて、そうかもしれないって……おこがましいけど、自分にできることはこういうことなのかもしれないって……〉

〈いいことなんじゃないかな〉

荒井は本心からそう言ったが、HALは、

〈何だかよく分からなくなっちゃったよ……〉

と言って下を向いた。

しばし俯いていたHALが、ふいに顔を上げた。

〈荒井さん、また会ってもらうことはできるよね？〉

真剣な表情で言う。〈通訳でも教えるのでもない、一人の友人として〉

〈ああ、もちろん〉

〈ありがとう〉

HALは最後に、気弱にも思える笑みを浮かべた。

しかしそれから、HALからの連絡は途絶えた。梶原の望み通り、彼は本格的にブレイクしたのだ。新たなCMも決まり、雑誌はもちろん、テレビのトーク番組や情報番組に出ているのを見ることもあった。スケジュールは多忙を極めているに違いない。もはや何の用もなく「友人」と会うような暇はなくなったのだ。それは喜ばしいことなのだと、荒井は思った。

「ＨＡＬ、今度ドラマに出るらしいよ」

夕食の席で美和がそう言ったのは、ＨＡＬと会うことがなくなってひと月ほど経った頃のことだった。

「ドラマって、テレビドラマ？」

訊き返した荒井に、「うん、ほらこれ」と美和がスマホを差し出す。最近は母親のスマホを自分の物のようにして使っていた。

画面を見ると、『秋の新作ドラマの目玉』という見出しの下、『今話題の「クール・サイレント」の出演も決定！』という文字とともにＨＡＬの写真があった。テレビにはうとい荒井だったが、その時間枠は局が最も力を入れており、毎回どんな俳優がどんな役を演じるかと話題になっていることぐらいは知っていた。

「どんな役なんだ？」

「『ろう者役』みたい。準主役って書いてある。主役の次ってことだよね。本当は西野《にしの》こうじがやるはずだったんだって。でもろう者役はろう者がやるべきだってきゃくほんの人が言って、ＨＡＬになったんだって」

「そうか、それは、凄いな」

「すごいよねー、うちのクラスでも、今、手話がはやってるんだよ。前からあたしがみんなに教えようとしても全然ダメだったのに、ＨＡＬの人気のおかげだねー。手話ブーム、くるかもよー」

美和ははしゃいだように言ってから、「でも、だいじょうぶかなー、HAL、おしばいはできるの？」と心配そうな顔になった。

「演技経験はないだろうけど、表現力は確かだからな。彼だったら大丈夫だろう」

HALならきっとできる。そう思う一方で、不安も感じた。この前会った時の様子に、少なからず危うさを感じていたのだ。知名度が上がれば、毀誉褒貶《きよほうへん》も増える。出る杭は打たれる。HALは——彼のあのナイーブな心は、それに耐えられるのだろうか。

「ちょっといい？　話があるの」

夕食が終わり、瞳美を寝かしつけて戻ってきたみゆきが、声を掛けてきた。

二人で、ダイニングテーブルに腰を下ろす。向かい合って話すのは久しぶりのことだった。

何の話かは、もちろん分かっていた。今自分が向かい合わなければいけないのは、有名人になった友人のことではなく、自分たちの娘のことなのだ。

「瞳美も今月で十か月になる」

みゆきが静かに口を開いた。

「確定診断を受けてから半年が経ったし、次の受診の時にはたぶんその話になると思うの」

その話——人工内耳の適用条件は、「六か月以上の最適な補聴器装用を行った上で、平均聴力レベルが四五デシベルよりも改善しない場合」で、「原則一歳以上」とされている。次回受診の際には、主治医は間違いなくその話を切り出すだろう。そうするのが当然、というあの口調で。

「あなたに言われたことは、あれからずいぶん考えた」

みゆきは落ち着いた声で続けた。

「ほかにもいろんな本を読んで、いろんな人の意見を聞いて、考えに考えた。人工内耳のデメリットについても承知してる。手術というからには、ノーリスクではないことも」

荒井も、この間に人工内耳については自分なりに学んでいた。

耳の蝸牛《かぎゅう》に電極を埋め込む手術自体は二、三時間で終わり、傷も残らないというが、全身麻酔で行われる。合併症や後遺症の可能性も全くないとは言えない。

手術後の活動も、多少は制限される。普通の生活をする分には問題ないが、MRI検査を受けるのが困難になったり、サッカーやラグビーのような頭に衝撃を受ける可能性のあるスポーツやスキューバダイビングなどをする場合にはかなりの注意が必要と言われている。

「人工内耳をすれば単純に聴こえるようになるものではないことも、よく分かってる」

手術後には、根気強いリハビリテーションを行わなくてはならない。「マッピング」と呼ばれるもので、専門のSTの指導の下、親を中心に、療育機関や保育所・幼稚園などとの連携も必要とされる。

ただ、何より荒井が気になっているのは――。

「本人の意思が確認できない、ということについても、もちろん考えた」

荒井の気持ちを察したように、みゆきが言った。

「瞳美にとってとても大事な問題について、親が勝手に決めていいのか……」

「そう、それが一番――」

「でも、逆も言えるでしょう?」

「逆?」

「親が勝手に『しない』という選択をしていいのか――瞳美がその選択をできる年齢になった時には、もう遅いのよ。その時、なんでもっと早く手術を受けさせてくれなかったのかと問われたら、私は何て答えればいいの」

そう問われる日がくるのだろうか。なぜ私に「音の世界」を与えてくれなかったの、と瞳美から責められる時が――。

「もちろん、手話も覚えさせる」

みゆきが続けた。

「あの子はもちろん、私も日本手話を話せるようにして、手話でもコミュニケーションをとれるようにしたいと思っている。でも、もし音声も――人工内耳をすることで少しでも音声で会話をすることができるようになるなら。最終的にどちらを自分の『母語《ぼご》』として選ぶのかは、将来、瞳美が自分で選べるようにしてあげたいの」

「しかし、人工内耳をしたら、もう戻れないんじゃないか」

「戻れない? どこに?」

荒井は言葉に詰まったが、みゆきは「そうね、『音のない世界』には戻れないかもしれない」と肯いた。

「でもしなければ――『音のある世界』には、一生足を踏み入れることもできない」

彼女の表情に、もはや迷いはなかった。

その気持ちを変えられるだけの言葉を、荒井は持っていなかった。


その日は、朝からおかしな空模様だった。

「午後からゲリラ豪雨があるみたいだから、気を付けて」

出かける支度をしている時に、みゆきから案ずるように言われた。

つい先週も都内一帯がゲリラ豪雨に見舞われ、一部の地域は雷を伴った集中的な降雨により道路が冠水するなどの被害が出た。今日もその可能性がある、とテレビニュースでは再三注意を促していた。

念のためにメールをチェックしてみたが、何も連絡は入っていなかった。台風というわけではないし、豪雨といっても一時的なものだから予定通りということなのだろう。とはいえ、これから行く地域に「大雨特別警報」が出ていたため、それなりの装備をして家を出た。

HALから久しぶりにメールがきたのは、数日前のことだった。

【今度出演することになったドラマの顔合わせ・本読みに、通訳としてついてほしい】

日時と場所も記してあった。とりあえずスケジュールを確認し、【都合はつくけど、事務所も承知なんだよね？】と確認した。

【もちろん承知です。今ついてもらっている手話通訳の人がその日都合が悪いので、荒井さんに僕の方から頼んでくれって】

【分かった。了解】と返事をし、今日を迎えたのだった。

電車で移動する最中にも雲行きはますます怪しくなっていったが、とりあえず目的地であるテレビ局には、雨には降られずにたどり着くことができた。

受付で入館手続きをし、ロビーでしばらく待っていると、梶原がエレベータから降りてきた。

「おはようございます。わざわざご苦労様」

通行パスを渡し、「こちらへ」と先導する。

その態度に冷ややかなものを感じた。

「HALさんから手話通訳の依頼を受けたのですが、もしかしてご存じなかったでしょうか?」

「さっき聞いたのよ」梶原が顔をしかめた。「HALが勝手に頼んだのね」

「そうでしたか……」足を止めて、言った。「では私は失礼しましょうか」

「ああいいのいいの」梶原が手を振った。「せっかくだから見学していって。もちろん通訳料はお支払いします。ただ、申し訳ないんだけど今日は私の関係者ってことでいいかしら」

「通訳はほかにいるのですね。それでしたらもちろん料金はいりません」

「通訳っていうか、ドラマの手話監修の人がいるの。その人が通訳もしてくれるから」

「監修の人が……その人は聴者なんですか」

「じゃなきゃ困るでしょ」梶原は当然のように答えた。「ディレクターと意思の疎通ができなくちゃね」

ということは、ＨＡＬは聴者から手話を指導されるのか。疑問に感じてから、自分とてＨＡＬに手話レッスンなどをしていたことに気づく。思い上がりを恥じた。

「今日は主要キャストが全員揃うから、ＨＡＬも少しナーバスになってるみたい」荒井の屈託など知らず、梶原が言う。「それで気ごころの知れた人にいてほしいと思って荒井さんを呼んだんでしょう。通訳はいいから話し相手になってもらえるとありがたいわ」

どうすべきか迷った。通訳として呼ばれたわけではないのなら、この場にいる必要はなかった。しかし、ＨＡＬの本意がもう一つ分からない。梶原が言うように、ただ「気ごころの知れた相手がほしい」だけで、嘘をついてまで自分を呼んだとは思えなかった。

「分かりました」結局そう答えた。

梶原は安堵したように歩き出した。

「レッスンの件、それに通訳の交替とか、いろいろとごめんなさい。こちらなりに考えがあってしたことだけど、説明もしなくて」

口調も少し、しおらしいものになっている。

「分かっています。気にしていませんから」

「そう言ってもらえると助かる。あの子はずいぶん気にしているみたいで、何度か話し合ったんだけど……最近補聴器をつけるのやめたみたいで、以前より意思の疎通ができにくくなってるの」

「そうですか……」

　HALの胸の内については、直接訊いてみるしかない。とにかく出すぎた真似はするまいと思いながら、梶原とともにエレベータに乗った。


『HAL様控室』と名札のかかった部屋に、梶原に続いて入った。

「荒井さんお見えになったわよ」

　窓のない小さな部屋で、HALはぽつんと椅子に座っていた。

〈こんにちは〉

　荒井の挨拶に、HALも手話で応える。笑顔はなかった。

　梶原は、「じゃ私はちょっとプロデューサーと話があるから」とドアの方に戻る。

「後でADさんが呼びにくると思うから、準備しておいてね」

　そう言って梶原は出ていった。

　ドアが閉まると、HALは荒井の方に向き直った。

〈嘘をついてすみません〉

〈どういうことなんだ？〉

　HALはそれには答えず、〈今回のドラマの手話監修が聴者だということは聞いた？〉と言った。

〈今、梶原さんから〉

HALは肯き、続ける。〈その人から今回の役の参考資料として、二十年ぐらい前に放映されたドラマのDVDを渡された。知ってる？〉

昔、有名俳優がろう者を演じ、話題になったドラマのタイトルを言った。

〈ああ、観てはいないが聞いたことはある〉

〈手話はそういうイメージでやってくれ、って。その人が、そのドラマも監修したんだって〉

そういうことか――。彼のわだかまりは理解できた。だが、まだ自分を呼んだ理由が分からない。

〈それだけだったらまだいいんだ〉

HALは、テーブルの上にあった台本を取って荒井の方に寄越した。

〈今回の台本。七十八ページを見て〉

台本をめくって、言われた通りのページを開く。

〈読んでみて。RYO《リョウ》というのが僕の役〉

HALが一つのシーンを指さした。

○詩織《しおり》の部屋

二人きり。静かだ。見つめ合う詩織とRYO。

RYOのことを見つめたまま、詩織が、ゆっくりと手を動かす。

それを見ていたＲＹＯが目を見開く。

ＲＹＯ、手を動かす。


Ｔ（テロップ）手話を？

詩織「（肯き、ゆっくり話す）覚えたの。あなたと話がしたくて」
ＲＹＯが手を動かす。

Ｔ　嬉しいよ。

詩織、肯き、もう一度手を動かす。その意味は――、

Ｔ　私は、あなたを愛してる。

ＲＹＯの顔に、驚きが、そして喜びが広がる。

ＲＹＯ、詩織を抱き寄せる。そして、その耳元で初めて「声」を出す。

ＲＹＯ「僕も、君を愛してる」

顔を上げて、ＨＡＬのことを見た。ＨＡＬも荒井のことを見つめていた。

〈このシーンに問題が？〉

ＨＡＬは肯き、言った。

〈ＲＹＯはここまで、一度も声を出していない。頑なに声を出すことを拒否している。小学生の頃、同級生から「変な声」と馬鹿にされたことがトラウマになっている、という設定なんだ。そのＲＹＯが、ここで初めて声を出す〉

〈なるほど〉荒井は肯いた。

〈僕は、マネージャーや手話監修の丹羽《にわ》さんという人に訊いたんだ。なぜＲＹＯはここで声を出すのか。彼らの答えはこう。「詩織は、ＲＹＯの言葉、つまり手話で気持ちを伝えてくれた。その気持ちに、ＲＹＯも詩織の言葉で答える。声で、同じ気持ちだと伝え返す。二人がお互いのことを思いやる大事なシーンだ」って〉

そして、首を振った。〈僕には納得できない〉

〈なぜ？〉荒井はあえて尋ねた。

〈詩織が手話で気持ちを伝えてくれたことはもちろん嬉しい。でも、だからこそ、ＲＹＯは「自分の言葉」で自分の気持ちを伝えるべきだ。「自分では聴こえない声」でそれを伝えるなんておかしい。お互いに手話で気持ちを確かめ合ってこそ思いは通じ合うんじゃないか〉

〈彼らは何と？〉

〈それは理屈だ、と言われた。「ＲＹＯが初めて声を出す、ということが大事なんだ。それまで人前で絶対に声を出さなかった彼が、詩織のために、詩織のためだけに声を出す、それが視聴者の胸を打つんだ」って〉

どちらの言い分も、分かった。しかし、ＨＡＬの言葉はまだ続いていた。

〈でも、本当は違うよね〉

険しい顔で続ける。

〈彼らは、そこだけはどうしてもＲＹＯに「声を出してもらわなくてはならない」んだ。なぜ

なら〉

HALはそこで一度言葉を切った。そして、苦々し気な表情で言った。

〈声を出さないと、視聴者に——彼らに伝わらないから〉

こちらを睨《にら》むように見つめている。まるで、荒井が「彼ら」そのものであるかのように。

荒井は首を振った。〈俺には分からない。ディレクターか脚本家に意図を訊いてみるしかない〉

〈だから、訊こうと思う〉HALはこちらを見つめたまま言う。〈今日の本読みで、ディレクターにそのことを確かめる。そして、僕は手話で自分の気持ちを伝えたい、とはっきり言う〉

〈しかし〉荒井は言った。〈そういうことは、本読みの時ではなく、前もって話し合わないといけないいんじゃないか〉

〈もちろんマネージャーにはお願いしたよ。ディレクターや脚本家と話し合いたいって〉

〈駄目だと?〉

〈新人がそんなことを言ったら生意気だと思われるって。おまけに、こう言うんだ。あなた、声を出すのが恥ずかしいんじゃないのって。今はそんなこと言ってる時じゃないからって〉

HALは、悔しそうに唇を嚙んだ。

〈僕はこれまでずっと我慢してきた。声を出すなって言われたり出せって言われたり。表情は動かすな、もっとゆっくり、一言一言はっきり表現しろ。笑うな。常にクールでいろ——もう我慢できない!〉

ＨＡＬは、激しい表情で手を動かした。

〈嫌なことは嫌とはっきり言う。荒井さん、僕の言葉をそのまま通訳してくれるよね〉

荒井は悟った。

それが今日、自分が呼ばれた理由なのだ――。

ノックの音が聴こえた。

ドアが開き、ＡＤらしき若者が顔を出し、言った。

「本読み始まります。ＨＡＬさん、お願いします」


本読みが行われる「別館」は、同じテレビ局内とは言ってもスタジオなどが入っている建物ではなく、隣り合わせにあるオフィスビルだった。地下にある広い部屋がその会場に充《あ》てられていた。

荒井は、ＡＤに連れられ、梶原、ＨＡＬに続いて部屋に入った。

「ＨＡＬさん入ります！」

「おはようございます！」

梶原がいつもの涼やかな声で挨拶をした。あちこちから挨拶が返ってくる。

ＨＡＬは手話で、〈ＨＡＬです。どうぞよろしくお願いします〉と挨拶をした。荒井が通訳をする前に、梶原と挨拶を交わしていた黒いジャケット姿の五十がらみの女性が前に出て、

「ＨＡＬです。どうぞよろしくお願いします」

とよく通る声で言った。拍手が送られ、ＨＡＬがもう一度頭を下げる。ＡＤが女性のことを、

「今回、手話監修を務める丹羽貴子《たかこ》さんです。手話通訳も兼任していただきます」

と紹介をした。

「丹羽です。よろしくお願いいたします」

頭を下げた女性に、再び周囲が拍手をした。荒井は、梶原に促され隅の方へと移動した。

それから、誰かが入ってくる度にＡＤが紹介をしていく。ダブル主役を務めるのは、荒井でも知っている著名な男女の俳優だった。最後に、セーターにジーンズというラフな恰好をした四十代の男性が「チーフディレクターの中島《なかじま》です」と自己紹介をし、「それでは、顔合わせ並びに本読みを始めたいと思います」と宣言をした。

ひととおり配役とスタッフの紹介、挨拶が済み、本読みに移る前にしばしの休憩となった。

「飲み物と軽食、こちらからどうぞ」

入ってきた若手スタッフがそれらをテーブルに置いた。その中の一人は、髪も服もずぶ濡れだった。

「何、もう降ってるの?」

俳優の一人が、気安い口調で尋ねる。

「凄いです！　雷も鳴ってます！」

「ここ地下だから全然分かんないよな。窓もないし」

「結構近くに落ちてる感じですよ」

「マジか」ディレクターの一人が会話に加わった。「停電とか、大丈夫だろうな」

「あー、ここはどうですかねー」問われたスタッフは首を傾げた。「スタジオは非常電源がありますけど、こっちは普通のオフィスですからね」

「まあ撮影じゃないからまだいいけどな」

「暗闇で本読みっていうのもおつなもんじゃないすか」

「シャレてる場合じゃねえよ、バカ」

軽口を叩き合っている彼らを横目で見ながら、荒井はHALに近づいた。

〈確認したいことがあるなら、今のうちにした方がいい。本読みの最中ではさすがにまずいと思う〉

〈そうですね……〉

HALは肯き、台本を持ってチーフディレクターの中島の方に近づいていった。中島はちょうど脚本家と談笑しているところだった。荒井もHALの後に続いた。

背中を見せていた中島の肩を叩こうとするHALを止め、荒井は「すみません」と声を掛けた。

「はい」中島が振り返る。

「HALさんが、台本で少し確認したいところがあるということなんですが」

「台本で?」中島はオウム返しにしながら、荒井のことを訝《いぶか》るように見た。「あなたは?」

「私は手話通訳です」

「手話通訳？」

中島が、さらに不審気な顔になった。離れたところにいた梶原が気づき、丹羽を伴って近寄ってくる。

「HAL、どうかしたの」

「なんかHALさんが台本で訊きたいことがあるって」中島が軽い口調で答えた。

「どういうことですかね？」脚本家も加わってくる。

「すみません」梶原が二人に頭を下げ、「HAL、ちょっと」と彼の腕を取った。

HALはその腕を振り払うと、〈七十八ページの、詩織とRYOが初めて気持ちを打ちあけ合うシーンなんですが〉と言った。

覚悟を決めた。荒井は、その言葉を音声日本語にする。

「七十八ページ、詩織とRYOが初めて気持ちを打ちあけ合うシーンについてですが」

中島が眉をひそめた。「それが？」

「HAL、やめなさい」梶原が狼狽《ろうばい》した声を出す。「こんなところで失礼でしょ！」

「何かご不満でも？」脚本家はむしろ面白がるような顔だった。

丹羽がHALの肩を叩き、《何か言いたいことがあるなら、まずは私に言ってください》と日本語対応手話で言った。

HALはそれを無視し、手を動かした。

〈僕は、このシーンに納得がいきません〉

「梶原さん、まずいですよ」丹羽が慌てたように言う。

「本当にすみません、HAL、ちょっとこっちに来て！」

「彼は何て言ってるの？」中島が荒井に訊く。

「荒井さん、通訳しないで！」

「僕はこのシーンに――」

荒井が言いかけた瞬間、轟音《ごうおん》が鳴り響き、激しい振動とともに部屋の電源が落ちた。

「キャッ!!」

「何、雷⁉」

窓のない部屋は、一瞬にして真っ暗になった。

「落雷で一時的に停電したようです！」スタッフの一人が叫ぶ。

「かなり近くに落ちたな」

「おい誰かブレーカー見てこい！」

「いやこう暗くちゃ……」

廊下に誘導灯の明かりがほんのり見えるだけで、人の形も分からないほどの暗闇だった。

「皆さん、念のために電気器具から離れてください。あと、壁からも少し離れていただいた方が安全です！」

スタッフの声は落ち着いていた。人々が移動する音が聴こえる。

その時、

「どうしたんです……⁉」

ＨＡＬの声がした。

「なんででんきがきえたんです？　じしんですか？……あらいさん、どこにいるの？」

今まで聞いたことのない、心細げな声だった。

ハッとした。ＨＡＬにはスタッフの声は聴こえないのだ。彼には、何が起こったのか分からない――。

「あらいさん？　そこにいるよね……なにがあったの……」ＨＡＬの声は不安で震えていた。

声を頼りに彼を摑まえようとしたが、中々探り当てられない。

「誰、この声」近くで声がした。

「なんか子供みたい」クスクスと笑い声も。

「大丈夫ですよ。雷でいっとき停電してるだけですから」

スタッフがなだめるように言う。

「ＨＡＬ、大丈夫よ、落ち着いて！」

梶原の声も聴こえた。だが、どちらの声もＨＡＬには届かない。

「あらいさん？　どこにいるの？」

荒井は携帯電話を開き、そのほのかな灯りで周囲を探した。――あそこだ。

「あらいさん！　まねーじゃー！」

パニックにかられたように叫ぶＨＡＬの手を、ようやく摑んだ。

その瞬間、明かりが点《つ》いた。

「おお、点いた点いた」

「ったく、脅かすなよ」

「すみません、もう大丈夫です！」

「良かったぁ」「あーびっくりした」安堵した声があちこちから返ってくる。

目の前のＨＡＬは、呆然とした表情で立ちすくんでいた。

〈大丈夫。雷が落ちて停電していただけだ〉

伝えたが、返事はない。

「ＨＡＬ、大丈夫⁉」

梶原も駆け寄ってきたが、ＨＡＬはうつろな表情のままだった。

彼の味わった屈辱が、荒井には分かった。

暗闇の中では、手話も口の動きも分からない。もちろん声は聴こえない。たとえそれが僅かな時間だったにせよ、ＨＡＬは、闇の中にたった一人置き去りにされたのだ。

その時彼は、「声」で助けを呼ぶしかなかった。もし誰かの声が返ってきたとしても、その声は彼には聴こえない。それが分かっていても、必死に声を出すしかなかったのだ——。

周囲はもう今の停電などなかったように、それまでの時間に戻っている。

ＨＡＬ一人、いまだ闇の中にいるように立ち尽くしていた。

中島が、こちらの方を向いた。

「ああ、話の途中だったね。台本について何とかって」

「いえいいんです」梶原が答え、ＨＡＬの腕を取った。

「ちょっと出ましょうか」

丹羽に目くばせし、一緒にドアの方に向かう。続こうとした荒井を、梶原の硬い声が遮った。

「荒井さんはここで。お疲れさまでした。お支払いの件は後で連絡します」

そう言われてはこれ以上動けない。ＨＡＬが何か言ってくれるかと待ったが、彼は一度も振り返ることなく、梶原に連れられ部屋から出ていった。

荒井がそれ以上その場にとどまる理由は、もうなかった。


十月も半ばを過ぎ、急に冷え込むようになった朝――。厚手のブルゾンを着込んだ美和が、寝室で出かける支度をしていた荒井のもとへ駆け寄ってきた。

「ＨＡＬがやるはずだった役、西野こうじに替わったんだって⁉」

登校前に、ネットの芸能ニュースでそのことを知ったらしい。

「ＨＡＬ、芸能界の仕事も休んで『学業にせんねん』するんだって！　何かあったの？　アラチャン、知らないの？」

「さあ」荒井は首を振り、「元々芸能人ってわけじゃなかったからな。学生としての本分に戻った、ってことじゃないか」と答えた。

「えー、そんなのもったいないー、せっかく『ろう者のスター』が生まれるところだったのに……」

美和はまだブツブツ言っていたが、仕方なさそうに登校していった。

あれから、半月ほどが過ぎていた。HALからは、少し前にメールが届いた。

あの本読みの日の後、事務所やテレビ局との話し合いを経て、ドラマからの降板を決めたこと。荒井に対しては、強引な要求や非礼があったことを詫びていた。

なぜドラマを降板することになったかについての詳しい説明はなかった。それが彼の意志を貫いた結果なのか、制作陣の判断によるものなのかは分からない。ただ、あの時の打ちひしがれたHALの様子や梶原たちの態度を見れば、前者であるとは考えにくかった。

【自分が浅はかだったんです】

メールに書かれた短い言葉に、荒井はHALの心中を思った。

僅か半年余りの間に、彼の環境は激変した。「何の取り柄もない」青年が、そのルックスと「手話」という特異性により祭り上げられ、短期間で著名俳優と肩を並べるまでになったのだ。いわば成り行きで始まった芸能界の仕事だったが、彼は次第に意義を感じるようになっていた。一方で、そこに過大な責任感をも抱いてしまったのではないか。

自分が成功すれば、後に続くろう者も現れる。一般社会の中でろう者がもっと活躍するためには、自分が頑張らなければならない、聴者に負けてはならない、そんな思いを一人で背負ってしまった……。

その張り詰めた気持ちが、あの時のアクシデントでぷっつりと切れた。彼はおそらくあの瞬間、自分の無力さを悟ったのだ。

もしあんなことが起こらず、荒井がＨＡＬの言葉をそのまま彼らに伝えていたとしても、それが聞き入れられ、シナリオが書き換えられたとは思えなかった。

それでも荒井は、どんな形であれ、ドラマに出るＨＡＬの姿を見たかったと思う。そこで表現される手話がたとえどんなものであったとしても、少しでも多くの人に――それが「聴こえる人」であれ「聴こえない人」であれ――見てもらいたかった、知ってほしかったと思うのだ。

そう思っているのは、荒井だけではなかった。

【私は、諦めていませんから】

ＨＡＬからの連絡とは別に、梶原からきたメールに、そう書かれていたのだ。

【こちらの進め方が強引だったことは反省しています。でもＨＡＬに世に出てほしい気持ちは今も変わりません。今はいったん休むけど、あの子はいろいろなことを学び直して、きっといつか帰ってきてくれる。私はそう信じています】

そうあってほしい、と荒井も思う。もしそれが叶わなかったとしても、彼が自ら道を切り拓《ひら》いたことに違いはない。その道をたどって、第二、第三のＨＡＬがやがて現れる。どんなジャンルにせよ、「聴こえる」「聴こえない」の垣根を越え、自分の言葉であますことなく世の中に思いを伝え、正当に評価される。そんな誰かが、いつかきっと現れる。

そう信じたかった。

支度を終え、寝室を出た。

「そろそろ出なきゃいけない時間じゃないか?」

支度もせず、ダイニングで新聞を読んでいるみゆきに、声を掛けた。

彼女は無言のまま、読んでいた新聞をこちらに寄越す。

「何?」

埼玉版の「生活・福祉」というページが開かれていた。『耳鼻科医の耳よりなお話』というコラムらしきタイトルの下に、これから受診することになっている医療センターの耳鼻科部長の名前があった。

荒井は、それに目を通した。

『新生児が先天性の難聴児として生まれてくる確率は、全体の約〇・二%。毎年、二千人弱の先天性小児難聴の赤ちゃんが生まれてくることになります』

という文章で始まったそのコラムは、『しかし難聴を早期発見できれば、補聴器装用や人工内耳埋め込み手術により早期に療育が進められる』ことを解説した上で、新生児聴覚スクリーニング検査がいまだ国費で賄《まかな》われていないことを嘆き、一刻も早く『すべての赤ちゃんが公費で検査を受けられるようにするために』医療従事者や保護者、教育関係者は協力し合わなければならない、という趣旨のことが書かれていた。

「これが?」

みゆきの方を見ると、「最後の一行、読んだ?」硬い表情で言う。

荒井はもう一度、コラムに目を落とした。その文章は、こう締めくくられていた。

『人工内耳により、聴覚障害は「治せる障害」になりました。一人でも障害児を減らせるよう、私たちは力を合わせていかなければならないのです』

「……一人でも障害児を減らす」

みゆきが、その言葉を繰り返す。

「障害児は減らさなきゃいけないものなの。世の中にいてはいけないものなの」

吐き出すように言うと、立ち上がった。

ベビーベッドに寝ている瞳美の方に近寄り、「ねえ」と荒井に尋ねる。

「――って、手話で何ていうの」

荒井は、みゆきが口にした音声日本語を、日本手話で表した。

「ありがとう」

みゆきはそう言うと、瞳美の顔を覗き込みながら、荒井のした通りに手と表情を動かした。

瞳美のことを指し（＝君）、人差し指を立てた両手を胸の前で交差してから（＝変わる）、両脇の辺りにつけた両手を払うように前に出す（＝必要ない）。そして、下に向けた両の手のひらを少し下ろし（＝そのまま）、最後に、顎に小指をつけた（＝構わない）。

〈あなたは、あなたのままで、いいの〉

瞳美が、キャッキャッと笑い、応えるように両手を上下に動かした。

〈うれしい〉

荒井には、そう言ったように見えた。

第3話　静かな男

何森稔にとって、この地域は以前から馴染《なじ》みのある土地ではあった。

二十年以上前になるが隣接する市の警察署に勤務していたことがあり、県警本部にいた頃にも度々訪れる機会があったのだ。その頃は、以前は林業で栄えていたという知識と少し先は秩父《ちちぶ》という立地から、山を抱くのどかな町という認識しかなかった。だが実際に赴任してみると、今まで知らなかったこの町の顔に何度となく驚かされることになった。都心から続く私鉄の終着地である駅前こそそれなりに拓《ひら》けてはいるものの、少し歩けば寂《さび》れた商店街が並んでいるところなどは地方都市によくある光景だった。だがさらにもう一歩奥に足を踏み込んでみると、年代物のモダンな建物がかなりの数で残っていて、ただの田舎町というには中々の風情《ふぜい》を感じさせるのだった。元は料亭だといううなぎ屋の木造三階建てを目印に路地に入れば、ツタが絡まる廃屋《はいおく》にぶら下がった木の鑑札にかすかに料理屋の文字が見えたり、もう使われていない黒《くろ》漆喰《しっくい》の蔵がそのまま残っていたりもする。聞けば、繊維産業華やかなりし時代には、ここに県下最大の花街《はなまち》があったのだという。

その、昭和の匂いを色濃く残している一角に建つ廃業した簡易宿所《かんいしゅくしょ》で、変死体が発見されたという一報がもたらされたのは、近隣の山肌を覆う木々が赤に黄色に色づいた十一月中旬のことだった。

第一発見者は、宿の元主人だった。その日から取り壊しの工事が入ることになっていて、立ち会いのために朝早くに鍵を開けて入ったところ、泊まり客などいるはずのないそのうちの一室で、横たわっている男を発見したのだという。

まずは一一九番に通報があった。現場に急行した消防隊員が、心肺停止と死後硬直が始まっていることを確認した上で「搬送はせず警察に引き継ぐ」とし、最寄りの警察署に連絡が入った。

飯能署刑事課強行班係に所属する何森は、その連絡を自宅アパートから出ようとしている時に受けた。普段であればまだ出勤には早い時間だったが、たまっている報告書を書くためにいつもより早目に家を出るところだったのだ。

玄関先で携帯電話を取ると、宿直係の野太い声が聴こえた。

「仲町《なかまち》の元簡易宿所《ドヤ》で男が死んでいるとの通報。PB《ピービー》から一人向かわせているが、何森さんの家から近いようだ。悪いが行ってくれるか」

「コロシか」普段は低い何森の声が少しだけ高くなる。

「その可能性は薄そうだが、念のため確認頼む」

「分かった」

電話を切り、足を速めた。幹線道路に出て、左右に首を向ける。タイミングよく駅の方角へ向かう空車のタクシーを発見して、手を挙げた。

廃業した今も『一盛新館《いちもりしんかん》』と看板のかかっているその宿所は、新館という名とは裏腹に築四、五十年は経っているに違いない古びた建物だった。最近では都心の簡易宿所は、少しでも安くあげたいのと日本情緒が味わえるということで外国人観光客に人気だというが、さすがにこの辺りの安宿にそういった客は来ない。景気のいい頃には間断なく続いた土木工事や建設現場に従事する肉体労働者相手に商売をしていたのだろうが、もう何年もこの界隈で長期間の工事はなく、客足が途絶えたところで閉館を決めたようだった。

入《い》り組んだ路地の手前でタクシーを降り、そこから歩いた。すでに救急車の姿はなく、先着した警《し》ら用《ろ》の自転車《チャリ》が一台止まっているだけだった。規制線も現場保存用のビニールシートも張られていないところを見ると、すでに「事件性なし」の判断が下っているのかもしれない。

「ご苦労さん」

玄関口で誰かと向かい合っていた地域課の警察官に声を掛け、中に入る。

「ご苦労さまです」

敬礼する警察官から、その向かいに立っている男に目を移した。

「ここの主《あるじ》か？」

「そうです」

第一発見者である宿のオーナーらしい中年男が苦り切った顔を向けてくる。面倒なことに巻き込まれて迷惑この上ない、とその顔に書いてあった。

「後で話を聞くからそこで待っていてくれ。ホトケは？」

「こちらの部屋です」

警察官の案内で、ホコリがつもった階段を上がっていく。足を踏みだすたびにギシギシと音が鳴り、板がしなった。階段を上がりきって二番目の部屋、『6号室』と書かれたドアを警察官が開ける。ツンと鼻をつく異臭を感じたが、遺体が発する腐臭ではないようだ。

六畳ほどの和室の真ん中に、男が仰向けに横たわっていた。畳はまだそのままで、布団やテレビなどがあればまだ営業中にも見えるほど部屋は生活の佇《たたず》まいを残している。何森は、手袋を装着すると部屋の中に進み、遺体の検視を始めた。本来は検視官の務めだが、実際は臨場一番乗りをした捜査員が代行することになる。

頭や顔、手足など、表に出ているところに目立った外傷は認められなかった。出血もない。次に首を見る。圧迫痕《あっぱくこん》や索条痕《さくじょうこん》はなく、吉川線《よしかわせん》もなかった。今のところ犯罪性を感じさせるものは見当たらない。

男は、静かに、だが確かに死んでいた。

救急隊員からの引き継ぎにあったようにすでに死後硬直が始まっていて、死斑《しはん》も出ていた。死後数時間以上経過しているのは間違いない。だが腐臭が始まっていないところをみるとまだ二日とは経っていないはずだ。解剖すれば死亡時刻はもっと絞ることができるだろう。

遺体をさらに観察する。男性。年齢は五十代から六十代。身長は百七十センチに満たないぐらいか。髪は長く、べたついている。手の指は太くごつごつしていた。爪には垢がこびりついている。肉体労働に従事している者特有の指にも見えたが、それにしては男は痩せていた。室内でもコートを着ているのは防寒のためだろう。そのコートもズボンも、元の色が判別できないほど色褪せ、薄汚れていた。

顔を上げ、周囲を見回す。

遺体のそばに、中身が半分ほど残っているペットボトルの水と、ビニール袋に入った食べかけのパン。その傍《かたわ》らに、いかにも回収した廃品といったガラクタが詰め込まれた紙袋があった。そこから少し離れて、古びたボストンバッグがぽつんと置かれている。開いていたので中を覗いた。

着古した下着や長袖のシャツが数枚。作業ズボンが一着。タオル数枚。小さな鍋とフライパンも入っている。視線を上に動かした。壁に突き出たフックに、ゴミの収集袋をカバー代わりにして紺色のジャケットとスラックスが吊るされていた。近寄って確かめてみると、新品ではないが皺《しわ》はさほど寄っておらず汚れもない。男が身に着けている物やバッグの中身とそぐわない印象を受けた。

再びバッグの方に戻り中身を探る。日用品の他に目についたのは、表紙がボロボロになったJR時刻表。表紙の日付は一九八七年九月だった。続いて、月めくりのカレンダー。これは今年のものだ。県内の建設会社の名前が入っており、販促用で配ったものだろう。ぱらぱらとめくってみると、いくつかマジックでマル印が付けられた日があった。文字の書き込みはなく、何の予定かは分からない。とりあえずマルのついた日付だけメモした。その下に、重ねられた紙片が数枚。罫線《けいせん》で細かく区切られた升目に、数字や文字が印刷されている。何かの工程表だろうか。いったんしわくちゃにされたのを手で伸ばしたような跡があった。さらに側面にあったファスナーを開けると、革の剝《は》げた財布を見つけた。ざっと見ただけで万札が数枚。千円札もかなりある。これで、物取りの線も消えた。

財布の中はもちろん、遺体のポケットを探っても、定期券や身分証明書など名前の分かるようなものは見当たらなかった。

「お疲れ様です」

声に振り返ると、鑑識係の若いのが眠そうな顔で現れた。それ以上の実況見分や資料の保全は任せることにして、待たせていた宿の主人への事情聴取のために部屋を出た。

「ホトケに見覚えは」

さして期待せずに尋ねたのだが、意外にも主人は、「前に一度、見たことが」と答えた。

「泊まり客か」

「いえ」

主人は首を振る。宿泊客であれば宿帳を見れば氏名・住所が判明したのだが。

「じゃあどこで見た」

「実は……」主人は少し口ごもったが、「以前にも一度、同じことが」と答える。

「前にも、空き室に入り込んだことが？」

「はい」

苦虫を噛《か》み潰したような顔で主人が肯《うなず》く。

「通報はしなかったんだな」

「そん時は大人しく出ていったんで、通報するのも可哀そうかな、と」そう答えてから、「ったく、恩をあだで返しやがって」と小さく悪態をついた。

「玄関の鍵はかけていたんだな。どうやって入ったんだ」

「裏口のドアの鍵が壊れてるんで……今回もそこから入ったんでしょう」

「ということは、前回もか。なぜ直さなかった」

「どうせじきに取り壊す建物ですからね」

わざわざ金をかけて鍵を取り換えるのも無駄、というわけか。

「その時、男から何か聞かなかったか。名前とか、普段はどこで生活してるとか」

「聞きませんでしたねえ。ていうか、やっこさん」

主人はそこで、耳と口を手で塞《ふさ》ぐ仕草をした。

「たぶんこれだったんじゃないですかねえ」

「何だと」

思わず大きな声が出た。

「あの男はろう者だったのか？」

「いや、実際のところは知りませんよ」

主人はビクついた顔になり、うろたえたように答えた。

「ただ、何を話し掛けても分からないって風に首を振るだけで、一言もしゃべりませんでしたから。そうなんじゃないかな、って思っただけで」

そう言ってから、「もういいですか？　いろいろ片づけなけりゃいけないことがあるんで」と懇願するような声を出した。これ以上聞き出せることもないようだ。何森は主人を解放し、鑑識係の同僚に声を掛けて自分もひとまず引き上げることにした。

遺体は警察署へと運ばれ、死因特定のために医師立ち会いのもと検死が行われることになった。病死か自然死か不慮の外因死か、いずれにしても他殺ではないという死体検案書が書かれるまでは、警察の仕事は続く。

「じゃあ引き続きホトケの身元、当たってくれるか」

報告を終えた何森に、刑事課長は労《ねぎら》いの言葉一つなく言った。はっきりと事件性があるのならばともかく、ただの身元確認捜査であれば強行班係の担当ではないはずだ。面倒な仕事を押し付けられているのは明らかだったが、何森は逆らわずに「分かりました」と答えた。

言われずとも調べてみたい、という思いが彼にはあったのだ。たとえ他殺ではなかったとしても、あの男は一体何者で、なにゆえにあんなところで死ななければならなかったのか。

気になっていたのは、その日暮らしにしては多めに思える所持金のこと。そして壁に吊るされた小奇麗なジャケットのことだった。なぜあれだけの持ち金がありながら宿に泊まらず、あんな場所に潜り込んでいたのか。――いや。

それ以上に気になっていることがある。そう認めざるを得なかった。

男が、「ろう者」であったかもしれない、ということ。

もちろんまだ決まったわけではないが、その可能性があるのを知った時から、何森の脳裏には、一人の旧知の男の顔が浮かんでいたのだった。

刑事部屋を出ながら、数年前に遭遇した事件のことを思い出していた。あの事件の被害者も、かつてはホームレスだった。当初は身元不明だったことも共通している。県内の大物実業家や政治家までも巻き込んだ大がかりな出来事へと発展していった一件は、あの男の協力なしには解決をみなかったに違いない。

男には、久しく会っていなかった。

風の便りで、結婚し、子供が生まれた、と聞いていた。

結婚はともかく、「子供」という単語と、その男とが結びつかなかった。自分の血筋を残すことにためらいを感じているのでは、と勝手に思っていたのだ。

そう、自分と同じように。

……事件の連想からつまらぬことに思いが及んでしまった。何森は余計な感慨を振り払い、ホトケについての情報を得るためにまずは生活安全課へと向かった。

しかし、遺体の写真を見せても生活安全課員の中に知る者はいなかった。それ以前に、「管内にホームレスはいないはずだ」と言うのだ。念のためにその辺りのことを把握しているはずの市の福祉課の職員にも当たってみたのだが、やはり「市内にホームレスはいない」と口を揃《そろ》えた。疑う何森に、職員は「県内市町村別ホームレス数」という一覧表を見せてくれたのだが、確かにさいたま市や川口《かわぐち》市には数十人と存在する「野宿者」の数が、飯能市ではゼロになっていた。

市役所を出た何森が次に向かったのは、隣市に居を構える「二つの手」というNPOの事務所だった。先ほど想起した事件の時被害者に仕事をあっせんしたのが、生活困窮者の支援を主に行っているそのNPOだったのだ。

「『ホームレスはいない』っていうのは、単に行政が把握していないだけですね」

狭い事務所で向かい合った武田《たけだ》というNPOの代表は、醒めた顔を見せた。

「市役所にも窓口はありますが、支援を求めてこない限り動きません。巡回相談も年末の一度ぐらいでしょう。繁華街を見回って文字通りの『路上生活者』がいないか調べるだけですから、それに漏れた人は数に入りません。今や、ネット・カフェ難民や二十四時間営業の店を転々とする新しい形のホームレスが増えているんですけどね」

冷ややかな口調で答える武田に、何森は遺体の顔写真を見せた。

「この男に見覚えは？」

「ああ」写真を一瞥《いちべつ》した武田の顔が、歪んだ。

「知っています……そうですか、オトナシさん、亡くなったんですか……」

「オトナシというのか」早くも名が判明したことに気をよくして、質問を重ねた。「どう書

くて。今はちょっと出張に出ていて、戻りは数日後になりますが」

「ああすみません。オトナシさんというのは本名じゃありません。凄《すご》い大人しい人だったんで私たちが勝手に、そう」

「本名を知らないのか？　以前支援したことがあるんじゃないのか？」

「支援というわけではありませんが、うちのスタッフが以前に聞き取り調査をしたことがあるんです。そのスタッフに聞けばもう少し詳しいことが分かるかもしれません。今はちょっと出張に出ていて、戻りは数日後になりますが」

そのスタッフからも話を聞きたいので戻ったら連絡してくれと頼んでから、質問を続ける。

「つまりこの男は、ここら辺りをねぐらにするホームレスだった、ということだな」

「以前は建設現場などで働いていたようですけどね、体を壊してから仕事ができなくなって。最近は廃品回収などでその日をしのいでいたようです」

遺体のそばに、廃品が詰め込まれた袋があったことを思い出す。

「ああいったものを集めて、どれぐらいの金になるんだ」

「そうですねえ……彼らが主に生業《なりわい》としているのはアルミ缶の回収ですが、一日足を棒にして歩き回ってもせいぜい四、五キロっていうところじゃないですかね。お金にすると五百円ぐらいだと思います」

何森も、ホームレスらしき男が袋一杯にアルミ缶を詰めて持ち運んでいる姿を見たことがあった。あれで、たったの数百円か。

「いろいろガラクタを拾い集めていたようだが、そういうのはどこへ持ちこむ?」

「物によっては買い取ってくれるリサイクルショップがあるんです。まあそれも二束三文で買いたたかれますけどね」

そう答えた後、武田が眉をひそめた。「これって、事件なんですか? あの人は誰かに?」

「いや、念のために訊いてるだけだ」

「そうですか」

「何かそう心配するような心当たりがあるのか? その買い取りを巡ってトラブルがあったとか」

「いや、ないです」武田が大きくかぶりを振った。「トラブルも、住民から苦情が出たとかいう話も聞いたことはありませんね。さっきも言ったようにとても大人しい人でしたから……いや、大人しい、というかそもそも会話ができませんでしたからね」

宿の主人と同じことを武田も口にした。

「その男は、ろう者だったのか? それともしゃべれない?」

会話ができないからと言ってろう者とは限らない。また、いわゆる「唖者《あしゃ》」以外でも、緘黙《かんもく》症《しょう》など「人前に出ると言葉が出てこない」者もいることを、件《くだん》の事件を通じて知っていた。

「どっちだったのかな……」武田は再び首を傾げた。

「とにかく何か訊いても曖昧《あいまい》に首を振るだけで、何も答えませんでしたから。せいぜい身振り手振りで返してくるぐらいで」

「手話は」

武田は首を振った。

「うちでも手話を話す者はいたので、何度か会話を試みようとしたみたいですけど、通じないって言ってました」

「通じないというのは……」

「手話が分からないのか、そもそも会話をする気がないのか……とにかく会話は成立しなかったようです」

「さっきスタッフが聞き取り調査をしたと言っていたが、その時は?」

「筆談で行ったようですね。書き言葉もあまり得意じゃなかったようですが……」

質問を変えた。

「この日付に何か心当たりがあるか?」

メモを見ながら、「今年の一月二日。二月十二日。六月四日。十一月の四日と五日」と口にする。

「えーと、そう言われても……何なんですか、その日付は」

「男の所持品の中にあったカレンダーに、マルが付いていた日だ。何か見当がつかないか」

「さあ……」武田はそう言いながら、壁にかかったカレンダーに目をやった。「あれ、今、十一月の何日って言いました?」

「十一月の四日と五日」

「関係あるかどうか分かりませんが、その日は飯能のお祭りですね」

「祭り？」

「ええ。毎年十一月の最初の土日と決まってますから。今年はそこでしたね」

所持品の中にあった紙片のことを思い出した。何かの工程表かと思ったが、あれは祭りの進行表だったのかもしれない。

「他の日付はどうだ？　それも何かの行事があった日じゃないのか？」

「もう一度言ってみてください」

何森が日付を復唱するのに合わせて、武田がカレンダーをめくった。

「ああ、そうですね。二月十二日は市民マラソン大会の日ですね。六月四日は……ちょっと待ってくださいね。検索すれば分かるかも」

武田はスマホを取り出し、何か調べていたが、やがて「ああ」と顔を上げた。

「市民フェアがあった日ですね。一月二日は分かりませんが、お正月ですからね。何かの行事があったかもしれません」

「地元の行事か……」

カレンダーのマル印と紙片の意味は分かった。だが、なぜそんなものを大事に持ち歩き、わざわざカレンダーにマルをしたのか？　祭りはともかく、市民マラソンなどに出かけていっても「商売」には結びつかないはずだが——。

「あ、そういうことか」

武田が何か思いついた顔になった。

「何だ?」

「いや、うちのスタッフが以前」そう口にした武田の顔に、なぜか笑みが浮かんでいる。「『オトナシさんがテレビに映ってた』って言ってたんです」

「テレビに?」

「ええ。テレビって言っても全国放送の番組じゃなく、地元のケーブルテレビの番組ですけど」

「ニュースとかそういうものか?」

何か事件がらみかと思って尋ねたのだが、武田は「そうではなくて」と首を振った。

「うちでちょっと協力していた地域のイベントがあったんですけど、その中継を観ていたら、後ろの見物客の中にオトナシさんが映ってたことがあったらしくて」

「ああ」

そういうことか、と思う。テレビの撮影をやっているのを知らずにたまたま通りかかったら映り込んでしまったのだろう。

そう言うと、武田は「それがどうも偶然じゃないいんじゃないかって」と答えた。

「偶然じゃない?」

「ええ。あの人がテレビに映っていたのはその時だけじゃないって言うんです。そのスタッフは仕事の関係もあって、誰も観ないようなケーブルテレビの番組をよくチェックしてるんですけど、何回かオトナシさんが映っているのを見たことがあるって」

「何回も？　どういうことだ？」

「さあ」武田も首を傾げた。「スタッフが言うには、それが『趣味』なんじゃないか、と」

「趣味というのは？　どういうことだ？」

「いや、たまにそういう人がいるらしいんですよ。ほら、よく外でやってる天気予報とか、そういう中継の時に後ろで手を振っている一般の人っているじゃないですか。ああいう風にテレビに映るのが趣味で、時間とか場所とか調べて、わざわざ『映りに行く』人がいるって。オトナシさんもそうだったんじゃないかって。本当かどうか分かりませんよ」

時間とか場所を調べて、テレビにわざわざ映りに行く？　死んだ男と、そういう行為が結びつかなかった。一方で、腑に落ちることもあった。バッグに丁寧に仕舞われていた紙片。どこかに廃棄されていたイベントの日程表や進行表を拾い集めていたのではないか。

中継があるかもしれないテレビに映るために——。

武田からケーブルテレビ局の名を聞くと、「二つの手」の事務所を出て飯能に戻った。


「ああ、知ってますよ」

地元のケーブルテレビ局のディレクターの名刺を出した男は、遺体の写真を見てすぐに肯いた。日吉《ひよし》という四十歳ぐらいの男だった。テレビ局と言っても、小さなビルの複数階を借りて細々と運営しているようだ。それでも、小さいなりにスタジオや編集室もあるという。

「そうですか、死んだんですか……」

日吉もまた、武田と同じように痛ましそうな顔を見せた。

「寂しくなるなぁ。いりゃあいたでうっとうしかったんですけどね、ミッキーは」

「ミッキー？」

「ああ、その男のあだ名です」日吉は小さく笑みを浮かべた。「うちらが勝手につけたんですけど」

「本名は知らないのか？」

「知りませんねえ」

「ミッキーっていうのは名前からきてるんじゃないのか？　三木《みき》、とか御木本《みきもと》とか」

そのあだ名を聞いて真っ先に思い浮かべるのは、世界的に有名なアニメ及びテーマパークの主人公だったが、遺品の中にはそれに関連した物は見当たらなかった。

「いや違います。本名は知りません」

名前については諦め、本題に移った。

「よく『テレビに映っていた』というのは本当か」

「ええ、本当です」日吉は即答した。「『映っていた』というより『映りに来ていた』んですけどね」

「映りに来ていたとは？　どういうことだ」

「んー、何年ぐらい前からかなあ。二年、三年、いやもっと前からかな。祭りの中継、イベント、商店街ロケ……本当にどこで聞きつけてくるのか、しょっちゅうやって来ては見切れてくるんです」

「見切れてくる?」

「ああ、見切れるっていうのは、業界用語で、画面に映り込むことを言うんです。おい、そこ、ＡＤ見切れてるぞ!とかね。大抵、映っちゃいけないものが映ってしまっている場合に使いますね」

「言葉だけだと逆の意味にも聞こえるが」

「一般的には画面から切れちゃってる時に使うのかもしれませんけど。業界的にはその逆の、『見えちゃってる』っていう意味です。最近じゃああまり使わなくなったかもしれませんが」

「ああ」もしや、と思う。「ミッキーっていうあだ名は」

「そうです」日吉が大きく肯く。「『見切れ』からきてるんです。見切れのミッキー」

そう言って、破顔一笑した。

「そんなに頻繁《ひんぱん》に会っていたのなら、その男と会話したこともあるんじゃないか?」

「会話はねえ」日吉は眉をひそめた。「ミッキーは言葉がしゃべれませんでしたからねえ」

やはり、そうなのか——。

「俺たちも手話は分からないし。まあ身振り手振りでね。あまりに目につく時には、そこどいて!とか邪魔!とかね、それぐらいは通じましたし」

「その男は手話は使わない、と聞いたが」

「手話ですか? 使いますよ。いや、あれ、手話じゃないのかなあ」

日吉が首をひねる。

「あれ、というのは？」

「いや時々ね、画面に向かって……普段は大人しく、こっそり見切れてるだけなんですけどね、たまに、後ろの方で、カメラに向かって手話みたいな動作をしてる時があったけどなあ」

「何を言っているかは？」

「それは分かりませんね」

「その映像、観れるか」

「うーん、どうかな。残ってるのもあるとは思いますが……」そう答えてから、日吉は困惑顔になった。

「これって、何かの捜査なんですか？」

「いや、男の身元を知るための聞き取りだ。事件の捜査じゃない」

「そうですか。捜査のため、ということなら上の判断を仰がなきゃいけないんですけど……」

基本的にテレビ局は、取材にあたっては報道のみを目的とし、取材した結果を報道以外の目的に供してはいけない、という決まりがあるのだ。そう言って渋る日吉を、「捜査に利用するわけではない」「確認のため観たいだけ」だと説得し、何とか「ミッキー」が映る映像を観せてもらえることになった。

それでも「貸し出しはできない」と言うため、「仮編集室」という狭い小部屋で業務用デッキを使っての視聴になった。

「今年の秋祭りの時のロケ素材なんですけど……ミッキーが映ってるところだけでいいですよね」

日吉は、そう言いながら映像をサーチした。

秋のはんのう祭りは、年に一回催されるこの界隈では最も盛大な行事だった。何森も見物したことのあるパレードの風景や、踊り、太鼓の演奏などの様子が早送りで流れていく。

続いて、参加者や来場者へのインタビュー映像に移った。

「この辺かな」

日吉がサーチする手を止める。映像が通常のスピードになった。レポーター役の女性が、家族連れにマイクを向けている。母親らしい三十代ほどの女性が答えていた。

「はい、毎年家族で来てます。子供も楽しみにしているんで」

「お祭り、楽しい?」

レポーターの質問に、小学校低学年ぐらいの男の子が「うん、楽しい!」と元気よく返事をする。

「あ、ここですね」

日吉が映像を止める。ストップモーションになった画面の右端の方を、指で示した。

「今、ミッキーが入ってきました。親子の後ろにいる、紺のジャケットを着た男です。しばらくここにいるはずです」

そう言って映像を再生する。何森は、家族連れのインタビューの背後に映る男の姿を凝視した。

遺体で発見された時とは見違えるようだった。髪には櫛が入り、シャツもパリッとしたものだった。着ている紺色のジャケットは、部屋に吊るされていたあの上着に違いない。

寒々しい部屋で冷たくなっていた男の姿が蘇る。死後硬直により体は固くなり、声を発することも表情を動かすこともない。静かに、だが確かに死んでいた男。

その男が今、生きて、動いているのを見るのは不思議な感じだった。まるで、遺体安置所に保管されているはずの男が蘇り、目の前に現れたような――。

「屋台でおいしいものを食べられるのも嬉しいんですけど、お神輿《みこし》やパレードも楽しいですね」

画面の中心の映像では、インタビューが続いていた。

「お分かりですか？　なんか、手を動かしてるでしょう？」

日吉の声に、何森は画面の隅に映る男を見つめた。確かに、男はカメラに向かって手と顔を動かしていた。その動きは、インタビューが続いている間、止まることなく続いている。

「ありがとうございました！　お祭り、楽しんでいってくださいね」

レポーターが家族連れに礼を言い、カメラの方を向く。家族連れが去っていき、「次、あっち？」とレポーターが左の方へ進む。それを追ってカメラが動いたことにより、男の姿は画面から消えた。

「これで終わりです」日吉が言う。

「もう一度観せてくれるか」

「はい」

日吉が映像を巻き戻し、インタビューの頭から再生する。今度は家族連れには目を向けず、画面の隅に現れた男の姿から目を離さないようにした。

家族連れの背後で、男がカメラの方を向く。おもむろに手と顔を動かし始める。インタビューが終わるまで、一分足らずの間だろう。確かに男は手話のような動きをしていた。

インタビューが終わってカメラが動いたところで、日吉が映像を止めた。

「何か分かりました？」

「男が手話のような動きをするのはこの映像だけなのか？」

「探してみないと分からないですけど……。素材テープは使い回しで消しちゃったり、そもそも最近はミッキーが見切れてるのに気づくと撮影止めたりすることも多いですから……これだけはっきり映っているのは他にないかもしれませんね」

「この映像、借りられないか」

「それはたぶん、上が」日吉は顔をしかめ、再び「取材に当たっては報道のみを目的とし……」という原則論を繰り返した。田舎のケーブル局の秋祭りの記録に報道も何もないだろうと思ったが、日吉の機嫌を損ねるのは得ではないと口にはしなかった。

「手話を解する者を連れてくるので、その時もう一度観せてほしい」

渋る日吉を説き伏せ、何とかそれだけは承服させた。

手話を解する者。それはもちろんあの男——荒井尚人をおいて他になかった。

携帯電話はつながらなかったので、メッセージだけ残した。その後、署に戻って検死の結果を聞いた。何森の検視と同様、外傷はなく、死因は心不全とのことだった。それでもまだ「犯罪性がない」とは断定できないようで、死亡の原因や状況をさらに明確にする必要があることから、遺体は司法解剖に回されることになった。

身元に関しては、依然不明だった。指紋や歯型に合致するものはなく、家出捜索人にも該当者はない。ＤＮＡ鑑定にも回されているというが、こちらの結果は判明するまでに日数を要する。引き続き何森が身元調査を続けることを確認し、長かった一日が終わった。

一人、署を出る。どこかで軽くひっかけていくことも考えたが、メッセージへの返答がある場合を考え、まっすぐアパートに戻ることにした。

何森は、多くの独身者が住む県警の寮ではなく、署からかなり離れたところにあるアパートに単身で住んでいた。この十数年、どこに異動になった場合でも同じような処遇を受けている。おそらく、他の署員と仕事以外でなるべく接しないように「上」が手配しているのだろう。何森としても余計な付き合いをしなくて済むのは気が楽だった。

アパートは老朽化した木造モルタルの二階建てで、くすんだ色の外壁はところどころ剝げ落ちていた。何森の部屋は階段を上がった突き当たりにあった。一応南向きではあったが向かいに三階建てのマンションがあるため日当たりが良いとは言えない。部屋は１ＤＫで、風呂とトイレは別になっていた。

帰る途中にスーパーで買いこんできた食材をキッチンに運び、楽な恰好に着替えると再びキッチンに戻った。とりあえず肉は冷蔵庫に移し、野菜はシンクの上に置いてまな板と包丁を取り出す。一連の手順は慣れたものだった。

人が聞けば意外に思うだろうが、料理をすることは嫌いではなかった。家事の中で整理整頓だけは苦手で、部屋を見れば乱雑な独身男のそれだったが、掃除機はまめにかけているし、洗濯も苦にならない。長年の一人暮らしに不自由を感じたことはなかった。

何森は、過去に結婚したことはもちろん、誰かとともに暮らしたこともなかった。そういう相手が今までいなかったわけではない。数は少ないが、部屋で寝泊まりするような間柄になった女は何人かいた。だが、いずれの相手もしばらくの付き合いの後、向こうから去っていった。はっきり聞いたことはなかったが、何森との付き合いに「未来」を感じることができなかったのだろう。

「結婚したい」と言われたことこそなかったが、「こんな暮らし、寂しくはないの」と言われたことはあった。何森は、「ない」とはっきり答えた。強がりではなく、寂しさを感じたことはなかった。

「家族」がほしいと思ったことは、一度もない。十八で家を出た時から、そんなものは二度といらない、つくらないと決めていた。たった一人の肉親だった母親が死んだという知らせを受けたのは十年ほど前だったが、何森が葬儀に出ることはなかった。

一生一人で構わない。強いて問題を挙げれば年を取って体が動かなくなった時のことだったが、彼にとっての問題とは、「誰にも面倒を見てもらえない」ことへの不安ではなく、「誰かに面倒をかけてしまう」ことへの恐れだった。だから意思が伝えられなくなった時のために、無駄な延命治療はせず苦痛の緩和のみを願うこと、僅《わず》かな貯えは必要な医療費と最低限の葬儀代、迷惑をかけた人への謝礼に充《あ》ててくれるようしたためてあった。

具材をあらかた切り終え、鍋に火を入れようとした時、携帯電話が着信音を鳴らした。ディスプレイを見ると、『荒井』の二文字が浮かんでいた。


互いの都合を合わせ、荒井とは翌々日にケーブルテレビ局で待ち合わせた。会うのは二、三年振りか。電話ではいつものように挨拶抜きで用件だけを告げたが、さすがに面と向かえばそういうわけにもいかない。ビルの廊下で日吉を待つまでの間、久しぶりに言葉を交わした。

「甥《おい》の件ではお世話になりました」

荒井が、そう言って頭を下げた。前回会ったのは、荒井の甥が万引きで補導された時のことだった。その際、たまたま居合わせた何森が、少しだけ便宜をはかったのだ。

「中学生だったか。最近はどうしてる」

何森も、あの少年のことはよく覚えていた。目の前の男に似て、依怙地《いこじ》なところのある男の子だった。

「問題なくやっているようです。今はろう学校高等部の二年生ですが」

「そうか」

捕まったのは耳の聴こえない荒井の甥一人だったが、主犯格は同級生の不良《ふだつき》どもだったのだ。大方無理矢理やらされたのだろうから穏便に処理してくれるよう、警察学校時代の後輩にあたる生活安全課《せいあん》の課長に頼んだのだった。


「お前にも子供が生まれたんだろう」

「ええ、女の子です。もうすぐ二歳になります」

「そうか」

普通ならおめでとうの一言でも伝えるのだろうが、何森の口から出たのは、

「女房が警察官じゃ子育ても大変だな」

という言葉だった。

「まあ何とか二人でやってます」荒井は口の端を少し歪めた。

「妻もまだ育児休業をとっていますから、乳幼児教室の付き添いは交替しながらやったりしています」

「保育所に預けてるんじゃないのか」

「保育園でも預かってくれるところはあったんですけど、やっぱりいろいろ問題が生じて……」

そう言ってから、荒井は、

「娘は、聴こえないんです」

と何でもないように付け加えた。

「――そうか」

答えるのに、少し間が空いてしまった。荒井は気にした様子はなく、

「今は、『恵清学園《けいせい》』という私立のろう学校の、ゼロ歳から二歳児までを対象とした『プレスクール』に通ってるんです」

と続けた。

「お待たせいたしました」

日吉が現れ、話はそこで終わった。階を移動し、先日と同じ狭い仮編集室へと案内される。椅子は二つしかない。荒井を業務用デッキの前に座らせ、何森はその後ろに立った。

「同じ場面でいいんですね」

日吉が、祭りの映像を高速で早送りしていく。この前観た来場者のインタビュー場面になり、あの親子連れが映ったところで画面が止まった。

「ここだ」何森は言った。「後ろに男が現れて手話らしき動きをするから、観てくれ」

「はい」

荒井が身を乗り出し、画面を見つめる。親子連れのインタビュー映像が流れ出した。

「はい、毎年家族で来てます。子供も楽しみにしているんで」

「お祭り、楽しい？」

「うん、楽しい！」

画面の端にあの男が現れた。オトナシ。ミッキー。様々な呼ばれ方をされていた男――廃屋

の一室で冷たくなっていた男が、カメラに向かっておもむろに手と顔を動かし始める。

「屋台でおいしいものを食べられるのも嬉しいんですけど、お神輿やパレードも楽しい……」

親子連れが答えている間、男は手を動かし続けている。

「ありがとうございました」

レポーターが家族連れに礼を言い、カメラの方を向く。家族連れが去っていき、カメラの角度が変わって、男の姿は映らなくなった。

「ここまでですね」画面を止め、日吉が言う。

「どうだ?」何森は荒井のことを見た。「何を言ってるか分かるか?」

「もう一度観せてください」荒井が言った。「インタビューの音声は消せますか」

「はい」

日吉は音声のレベルをゼロにした上で、映像を巻き戻し、親子連れのインタビュー画面にした。

「では再生します」

再びインタビューが始まる。男が現れる。音声がない分、動きに集中できた。インタビューが終わり、カメラが移動して男の姿が消える。

「どうだ?」

何森は再び訊いた。

「——分かりません」

荒井は、そう言って首を振った。

「手話であることは間違いないと思いますが、日本手話でも日本語対応手話でもありません。かといって外国の手話でもないようです」

「じゃあ何なんだ」

「おそらく、ホームサインか、地域だけで通じるローカルサインじゃないでしょうか。それも、かなり特殊な。何となく分かりそうなところもありますが、責任をもって通訳することはできません」

「そうか」

分かるところだけでも、とも思ったが、この男が「責任をもって通訳できない」というのであればその通りなのだろう。

「分かった。手間をかけたな」

「お役に立てずすみません」

「いや、こちらこそ付き合わせて悪かった」

別の誰かに確認させよう、という気にはならなかった。荒井が分からないというのであれば他の誰かでも同じだろう。それに、何を言っているか分かったとしても身元判明につながるとは限らないのだ。

荒井とは、テレビ局の前で別れた。

その後ろ姿を見送りながら、荒井は以前とは少し変わった、と何森は思う。うまく説明はできないが、何となく柔らかくなった、とでも言えばいいのか。以前は、周囲にバリアーを張り、人を寄せ付けないような雰囲気があったが、今はそういうものを感じさせなかった。

子供ができたことがそうさせたのか、とふと思った。そうなのであれば、子供という存在は自分が思っている以上に大きいものなのかもしれない――。


翌日、「二つの手」の武田から「例のスタッフが戻った」と連絡があり、何森は再びNPOの事務所を訪れた。

宮内《みやうち》という、まだ二十代に見える若者が、武田とともに何森の到着を待っていた。

ノートを片手に、宮内は男から筆談で聞き取ったという内容について話した。

「申し訳ありませんが、本名は分かりません」

「本人に訊いたんじゃないのか？」

「あまり無理強いはしないんです。名前を言いたくない人もいるんで。そういうことが調査の目的じゃないですから」

「――では分かったことを教えてくれ」

「出身地は分かります。愛媛県。三十年ぐらい前に東京に出てきて、主に建設現場などで働いていたようです。当時はバブルでどこも建設ラッシュでしたからね。聴覚に障害があっても仕事はいくらでもあったのでしょう。五年ほど前に体を壊してからは現場仕事をするのがきつくなり、その頃から流浪《るろう》生活になったようですね。東京から県内に流れてきて、この数年は飯能辺りに定着していたようです」

「年は」

「それも、分かりません」

肝心なところが抜け落ちていることにイラついたが、文句を言うわけにもいかない。

愛媛県出身。三十年前に上京。聴こえないかしゃべることのできない者。これだけ分かっただけでも良しとしなければいけないだろう。

「健康面とか生活上のトラブルとか、身辺に何か問題を抱えていたようなことは？」

「体調の方はあまり思わしくないみたいでしたね。医者にはかかっていなかったようです。健康保険証を持っていませんでしたから……。『無料低額診療』に対応している病院をこちらで紹介すると言ったんですが、それきり来なくなってしまって……」

やはり何かしらの持病を抱えていたのか。治療を受けないせいで悪化させていったに違いない。しかし――。

「死んだ時、それなりの額の金を所持していたのだが……」

鑑識から聞いたところによると、一万円札が三枚に五千円札一枚、千円札は十二枚あった。小銭も合わせると五万数千円。十分医者にかかれる金だ。

「そうなんですか」宮内は少し驚いた顔をした。「それなら、病院に行けば良かったんですけどねえ」

「それだけの金を、どこで得たか心当たりはあるか？」

「うーん、地道に『仕事』はしていましたし、極力お金は使わないようにしていたみたいでしたから。そこそこの現金があったとしたら、それまで何年もかけてコツコツと貯めたお金だったんじゃないですかね」

確かにそうかもしれない。思い出してみれば、所持品の中には酒もタバコも、嗜好品や娯楽品のようなものは一切見当たらなかった。その日暮らしをする者の中には、せっかく得た金を酒や遊興で一晩で使い切ってしまう輩《やから》も多いのだ。男が、できるだけ倹約に努めていたのは間違いないだろう。

「治療費にも充てず、他に何か目的があって貯めていたのだろうか」

独り言のような何森の呟きに、宮内は「さあ」と首を振った。

聞いたことはすべてメモし、武田と宮内に礼を言って事務所を出た。

署に戻り、報告書をあげた。DNA鑑定でも身元は分からなかったという。遺体の写真と、通称、年恰好などのメモを添え、愛媛県警に身元捜索の協力を求める書簡を送ってしまえば、もうできることはなかった。おそらく、これだけでは身元が判明することはないだろう。

念のために荒井に電話をかけ、宮内から聞いたことを伝えた。愛媛の出身らしい、と言うと、

「愛媛ですか……」

荒井が思案するような声を出した。

「何か心当たりがあるのか?」

「ええ、ちょっと……調べてみます。何か分かったら連絡します」

荒井はそう言って電話を切った。

数日が経って、司法解剖の結果が出た。

死因は、虚血性心不全《きょけつせいしんふぜん》。老化に加え、日ごろの不摂生などにより心臓の血管が傷つき、動脈硬化が進行して心臓への血流が滞る。その結果心筋梗塞《しんきんこうそく》を起こして死んだのであり、犯罪性は見られない、というのが結論だった。

身元の分からない遺体をいつまでも安置所に置いておくことはできない。規則に基づき、「行旅死亡人《こうりょしぼうにん》」として自治体により火葬の手続きがとられた。遺骨は一定期間保管し、官報の公告に掲示をする。遺骨の引き取り手が現れなければ、無縁墓で合葬されることになる。

こういった「無縁死」は、全国で毎年三万数千人にものぼるという。男もそのうちの一人になるのだろう、と何森は思った。


荒井から電話があったのは、それから二週間ほどが過ぎた頃のことだった。

いつも無理難題で連絡をとるのはこちらの方で、荒井から連絡があるのは珍しかった。

「先日の件ですが、身元は判明しましたか」

荒井が口にしたのは、やはりあの男のことだった。

「いや。結局分からずじまいで、事件性はないとして捜査は打ち切られた」

「そうですか……実は、この間観せていただいた手話らしき映像を、もう一度観せてほしいのですが」

「捜査は打ち切られた、と言ったが」

「あれが、どこの手話であるか分かったんです」何森の言葉に構わず、荒井は続けた。「詳しい出身地と、手話の意味も、もう一度観れば分かると思います」

だから捜査は打ち切られたと――再び口にしかけた言葉を、何森は飲み込んだ。

「分かった。テレビ局に手配する」

「お願いします」

やはり、荒井は気になっていたのだ。おそらく映像を観終わってすぐに自分で調べてみる気になったのだろう。そして何森も、荒井以上にあの男のことが気になっていたのだった。


「またですかぁ」

電話口では露骨に嫌そうな声を出した日吉だったが、それでも渋々、映像のセッティングをすることを受け入れてくれた。

前回と同じように、狭い仮編集室に三人の体を押し込む。前回と異なるのは、荒井がスマートフォンを持ち込んだことだった。

「スマホの映像をモニターに映すことはできますか」

「できないことはないですが……ちょっと拝見できますか」

日吉は、荒井から受け取ったスマホの側面を確認して、「つなげそうですね。やってみます」と準備を始めた。

「やはり、どこかの地方の手話だったのか」荒井に尋ねる。

「ええ、愛媛と聞いて、ひょっとしたらと思って調べてみたんです。両方比べてみないと確かなことは言えませんが」

「愛媛のどこだ」

「水久保《みなくぼ》というところで使われている手話と似ているんです」

その地名は聞いたことがなかった。荒井が説明するには、瀬戸内海に浮かぶ小さな島の中にある集落だという。以前は水久保町と言ったが、今は今治《いまばり》市に合併されているらしい。

「その集落に、代々そこだけに伝わっている手話があるんです。方言というようなレベルではなく、日本手話とも全く別種の手話らしいと以前に聞いたことがあって、調べてみたんです」

デッキの裏で配線をいじっていた日吉が、「これでつながるはずです。映像を出してみてください」と言った。

荒井がスマホを操作する。中々目当ての画面が出ないようだった。

「すみません、自分のものじゃないんでよく分からなくて……」

言い訳をしながら何度も操作をやり直し、ようやくそれらしき映像がモニターに映った。

広い会議場のようなところだった。壇上に若い女性が立っている。背後のスクリーンには文字が映し出され、女性は声を発せず手と顔を動かしていた。

「日本の様々な言語についての発表の映像です」荒井が説明をした。「この女性は今お話しした水久保出身のろう者で、失われつつある危機言語の一つとして、自分が生まれ育った地域の手話を研究しているそうです」

　手話通訳がマイクで話しているのか、説明の内容が聴こえた。

　スクリーンの映像も併せ、発表されている内容は、要約すれば次のようなことだった。

「漁師の町」である水久保集落では、古くからろう者・聴者《ちょうしゃ》問わず同じ「手話」を使ってきた。これは、漁の最中にエンジン音がうるさかったり、離れていて互いの声が届かないことが多かったり、また海の中で会話する必要もあったため、手話で会話するようになったのではないかと言われている。

「水久保手話」と呼ばれるこの地域で使われる手話は独特なもので、日本手話とも、もちろん日本語対応手話とも違う。各地方に「手話方言」というものは大なり小なり存在するが、水久保手話はそれらの方言の域を超えている。「村落手話」「アイランド・サイン」と言われるもので、国外にまで目を向ければいくつか存在するが、日本国内でこれだけ独自の手話が形成されているのは類を見ない。

　日本手話と異なる点はいくつもあるが、特にユニークなのは「時間」の表し方で、普通、日本手話では自分の体を起点にして、後方（過去）、自分の位置（現在）、前方（未来）というように時間が移動していく。しかし水久保手話では、自分の体より右側が過去であり、自分がいる位置が現在。左側は使わず、未来は空間位置を使わず表される――。

映像が切り替わった。今度は発表の席ではなく、記録映像のようだった。

「先ほどの女性が、故郷を訪れて手話の採録をしているものです」荒井が言った。

なるほど、同じ女性がどこかの集落——ここが水久保地区なのだろう——で地元の人々と手話で会話をしている様子が映っていた。会話には字幕が出るので、内容は分かった。

女性が、漁師らしき男性と、今日の漁の首尾について会話を交わしている。会話の内容とは別に、『この男性は聴者ですが、この島の生まれで、ろう者と話すうちに自然に手話を身に付けたそうです』というテロップが入った。

別の場面になった。女性が数人の男女と、やはり手話で話している。彼らは女性の友人や親戚の人たちだと紹介される。

他愛ない会話が字幕付きで流された後、友人らしき女性の一人が声を出して言う。

「ここでは、聴こえるとか聴こえないとかの区別はあんまりない。みんな手話ができるから」

そう言って、件の女性と何か手話で言い合い、楽しそうに笑った。

続いて、島と本土を結ぶ橋の映像が映し出された。

『本土と橋で結ばれてからは島を出ていく人が増え、水久保手話を使う人の数も、年々減っています』

最後にそう字幕が出て、映像は終わった。

「左のモニターに、この前の映像を映してください」荒井が言った。

「はいはい、もうスタンバってますよ」

今度は左のモニターにだけ、何度も観た祭りのインタビュー映像が映し出される。男が現れ、カメラに向かって手を動かしかけたところで、荒井が「止めてください」と言った。

日吉が画面をストップさせると、続けて荒井が訊く。

「右のモニターに、さっきの映像を同時に映せますか？」

「ええ、まだつながったままですから。そちらを再生してもらえれば」

荒井がスマホの映像を再生したらしく、右のモニターに先ほどの画面が映った。件の女性と友人たちが手話で談笑しているところで、画面が止まった。

「ここです。まずこちらを再生します。よく見ていてください」

画面が動き出す。友人らしき女性の手話。

丸めた両手で何かを包みこむようにしてから、指を二本立てて示し、その手を自分の体の右側へ払うような仕草をする。続いて頬の近くで閉じた手を上に向け開いてから、拳を重ねて二度ほど合わせ、最後に自分のことを指さした。

その内容が字幕で表示される。『二年前から新しい仕事に就いてさ』

「止めてください」

荒井の言葉で画面が止まった。

「左の映像を再生してください」

「分かりました」

今度は日吉もおちゃらけずに答えた。彼も興味津々のようだった。

男の手が動き出す。

丸めた両手で何かを包みこむような動きをしてから、指を二本立てて示し、その手を自分の体の右側へ払うような仕草をする。続いて頬の近くで閉じた手を上に向け開いてから、拳を重ねて二度ほど合わせ、最後に自分のことを指さした。

何森の目から見ても、先ほどの女性の手話と全く同じ動きをしていることが分かった。

荒井がこちらを向いた。「どうですか」

「――同じ動きだな」

「間違いないと思います」

つまり、男は今の場面で、「二年前から新しい仕事に就いて」と言っていたのだ。

「分かるのはここだけか？」

「他にいくつか分かったところがあります。たとえば――少し進めてもらえますか」

「はい」日吉が答えて映像を再生する。

「止めてください。少し巻き戻して再生お願いします」

日吉が言われた通りにする。男の手が動く。

四指をつけた手の腹側を右胸の少し上に当ててから、立てた左拳の親指辺りに右手の人差し指を当てる。それから両手で数えるような仕草をした後、四指を合わせた左手を横にして顔の前に置き、その上を親指と人差し指だけを立てた右手を弧を描くように通過させる。

「最初のが『お母さん』の意味。次が『誕生日』、そして『おめでとう』です。日本手話とは全く違う動きです」

荒井の口調には、珍しく昂《たかぶ》ったような気配があった。

「他に分かったところもありますから、それらをつなぎ合わせればこの一連の手話の意味は解読できると思います。最初のところへ巻き戻して、もう一度再生してください」

「はい」

日吉が映像を巻き戻し、「ここからですね？」と確認した。

「はい」

荒井の返事を聞き、日吉が映像を再生する。男の手話に合わせ、荒井が音声日本語にした。

「お母さん、誕生日おめでとう。元気ですか？　僕は元気です。二年前から新しい仕事に就きました。

今年の正月には、お土産をたくさん持って帰ります。それまでお母さんも体に気を付けて、いつまでも元気でいてください」

荒井の通訳は、そこで終わった。

誰も言葉を発しなかった。しばらくして、日吉がぽつりと言った。

「新しい仕事になんか就いてないのに……」

そう、それは明らかな「嘘」だった。母親に心配をかけたくないがためについた嘘――。

壁にカバーをかけて吊るされていたジャケットの意味も、今なら分かる。あれは、男の一張《いっちょう》羅《ら》なのだ。普段から汚さないように気を付け、カメラに映る時はそれを着込んで出かける。確かにあの姿だったら、普通の勤め人に見えないこともない。

普段は控えめに「見切れる」だけの男が、この時カメラに向かって手話で語り掛けたのは、母親に誕生日のメッセージを伝えるため。そしてもうすぐ帰郷することを伝えるためだったのだ。

ボロボロになった時刻表。残されていた現金。何年かかったのかは分からないが、ようやく故郷に帰ることのできるだけの金を貯め、もう少しでその日がくる、という矢先に心臓発作を起こし、死んでしまったのか――。

「でも何で、わざわざカメラの前で手話、なんでしょうね」

日吉が言った。

「それぐらい電話でも手紙でも」言いかけた日吉が、ハッとした顔になった。「そうか、電話はできないのか……」

「おそらく母親もろう者なのでしょう」荒井がその後を受けた。「携帯電話を持っていなければメールもできませんし、手紙も難しかったのではないでしょうか」

書き言葉もあまり得意じゃなかったようだと、NPOの武田も言っていた。それに今のような生活では、封筒や便せんを手に入れるのも難しかっただろう。となれば、彼には通信手段はほとんどないに等しい。それで――。

「それで」日吉が、皆が思っていたことを口にした。「せめてテレビを通して元気な姿を母親に見せたい、と思ったわけですか……」

おそらく最初は、何かの撮影をやっているところにそれとは知らず映り込んでしまったのだろう。その映像を、どこかで観たのだ。自分がテレビに映っているのを。

その時、思いついたのに違いない。

もしかしたら、故郷の母親もこのテレビを観ているかもしれない。映っている自分に気づいたかもしれない。

何森の脳裏に、薄暗い部屋の中で背中を丸め、小さなテレビと向かい合っている老女の姿が浮かんだ。

他にやることのない老人が、ひがな一日テレビに向かっているという光景は想像するに難くない。もしかしたら郷里の母が、万に一つも自分が映り込んだテレビを観ることがあるのではないか。そんな僅かな期待をかけ、テレビのロケがあると知れば一張羅に身を包み、その場に駆け付け、何とかテレビに見切れようとしていた――。

「でも、無駄でしたね」

日吉が、ぽつりと口にした。

「たとえこの場面が放送されたとしても、その母親が観ることはありません」

辛そうな顔で、言った。

「うちはただのローカルケーブル局ですから。うちの番組が愛媛県なんかで放映されることは、どう間違ってもありません」

テレビ局を出てから、二人とも無言のままだった。駅へと向かう道、隣を歩いていた荒井の足が、ふいに止まった。

「何森さん、今日は非番だって言ってましたよね」

「——ああ」

「軽く、どうですか」

荒井の視線の先を見ると、古びた居酒屋の軒先にぶら下がった赤ちょうちんに、灯りがともっていた。

何森は、荒井の言葉を不思議な思いで聞いた。長い付き合いだが、酒を酌み交わしたことなど、これまで一度もなかった。

「——俺は構わんが」

「では入りましょう」

荒井は店の暖簾《のれん》をくぐっていく。何森もその後に続いた。

狭い店だった。十人も座ればいっぱいのカウンター。奥に三畳ほどの小上がり。壁も床も、飴色に鈍く光っている。頭の薄くなった親父が、小さな声で「らっしゃい」と迎えた。先客はない。

カウンターに並んで座り、荒井はビールを、何森はぬる燗《かん》を頼んだ。

「手酌でやろう」

荒井も肯いた。

出てきた酒を、手ずから注ぐ。盃を掲げ合うこともなく、通しで出てきた煮貝をつまみに飲み始めた。貝はしょっぱいだけで、酒は唇がやけどするかと思うほど熱かった。

黙々とグラスを口に運んでいた荒井が、ポツリと口にした。

「捜査は打ち切られたんですよね」

「――ああ」

「では、もうこれ以上は調べようがないということですか」

「そうだな」

荒井は、再び黙った。何森は酒のお代わりを頼んだ。今度はぬる燗などとは口にしなかった。

「でも」再び荒井が口を開く。「遺体の身元が分かれば遺族に連絡はしますよね」

「遺骨を返さなけりゃならんからな」

荒井がきっぱりとした口調で言った。「では返しましょう」

何森は盃を置いた。

「身元はまだ特定できてない。出身地が分かっただけだ。それも臆測にすぎない」

「水久保の出身であることはほぼ間違いありません。小さな集落です。年恰好で問い合わせれば、東京に出たきり音信不通の人物などすぐに特定できるんじゃありませんか?」

何森は答えなかった。確かに調べれば身元は分かるかもしれない。だが、突き止めてどうする? 年老いた母親に息子の死を知らせ、遺骨を返す?

いやそれよりも……もし母親を探すことができたら――。

「あの映像はダビングしてもらえないんでしょうか」

何森が考えていたのと同じことを、荒井が口にした。

男が、カメラの向こうの母親に向かって手話で語り掛けていたあの映像。

捜査のために貸し出しすることはできないと言い張った日吉だったが、母親に観せたいから
ダビングしてくれと言えば嫌とは言わないのではないか。

遺骨だけでなく、あの映像を観せることは多少の慰《なぐさ》めになるのかもしれない。

だが。

この件を上に報告したとしても、愛媛県警に当該地区の出身者である可能性が高いと伝えて、
それで終わりだろう。たとえ地区の駐在所まで写真が渡ったとしても、そこの警察官に心当た
りがなければそれまでだ。写真を公開して探すようなことはすまい。

必要なのは、地道に集落を回り、住民たちに写真を見せて歩くことだ。そうすれば、荒井の
言う通り狭い町だ、男が誰であるか知っている者はきっと現れる。

だが、それを、誰がやるのだ——。

「ダビングだけでも、頼んでもらえませんか」

グラスを飲み干した荒井が、静かに言った。

「頼んでどうする」

「私が行きます」

「行く？　どこへ」

「水久保へ」

「そんな暇があるのか」

「ありませんが……何とか時間をつくります。水久保手話をこの目で見たい、という目的もありますから」

何森も残っていた酒を飲み干した。その時、心は決まっていた。

「分かった。少し待て」


何森がいなければ困る仕事など、なかった。実際、刑事課長に「数日休暇をとりたい」と申し出ると、驚いた顔こそ見せたものの、すんなりと受諾された。

有給休暇をとるなど、警察に入って初めてのことだった。

日程は、荒井と都合を合わせた。「自分も一緒に行く」と告げた時、荒井に驚いたような様子はなく、どうして、と尋ねられることもなかった。訊かれても、うまく答えることはできなかっただろう。

乗りかかった船、と言ってしまえばそれまでだが、それ以上の何かがあるのは間違いない。それが何なのか、どうしてあの男のことがそんなに気になるのか、自分でも分からないのだった。

映像をＤＶＤにダビングすることについては、「上には内緒ですよ」と言いながら日吉はすんなり了解してくれた。遺骨や遺品は現時点で持っていくことはできないが、遺族が見つかれば後で送ることも可能だろう。

十二月も半ばを過ぎたその日、何森と荒井は、品川駅から博多《はかた》行き「のぞみ」に乗った。新幹線に揺られること三時間あまり。福山《ふくやま》で降り、そこで長距離バスに乗り換える。以前は航路しかなかった瀬戸内海の島々への行程だったが、今では高速道路が走っている。

本州と四国を結ぶ自動車専用道路の中で最も西に位置する西瀬戸《にしせと》自動車道、通称「しまなみ海道」が開通したのは、一九九九年のことだった。海峡大橋により島々がつながれ、水久保地区のある島までも車で渡ることができるようになった。男が島を出たのはその十年以上も前。行くも戻るも、今ほど簡単ではなかっただろう。

朝の九時に品川駅を出て、水久保集落内のバス停留所に着いたのは午後三時過ぎのことだった。停留所から、徒歩で最初の目的地へと向かう。

公務ではないため、連絡は入れていなかった。国道沿い、一段高くなった地所に建つ民家のような建物に『水久保駐在所』の文字が見えた。素通しの扉越しに、机に向かって書類を書いている警察官の姿が見えた。

窓をコツコツと叩くと、顔を上げた警察官が怪訝《けげん》な表情を向けてくる。何森はドアを開け、

「人を探してるんだが」

と言った。

埼玉から来たと言うと大仰《おおぎょう》に驚いた四十過ぎほどの警察官は、何森が差し出した写真を不審気に眺めた。日吉が映像からプリントアウトしてくれたもので、拡大したせいで画像は粗かっ

たが、遺体を写したものよりは数段増しだろう。

「私、赴任してきたの二年前なんでねぇ」警察官は、申し訳なさそうに写真を返した。「現在ここに住居のある人なら調べようもありますが、三十年前に出稼《でかせ》ぎに出ちゃってるとなると、お手上げですわ」

「ろう者だと思うんですが」横から荒井が言った。「おそらく家族も」

「ろう者？……ああ」警察官はいったん肯きはしたが、再び首をひねった。

「それだと多少は絞られますけど……でもねえ……」

「こちらでは水久保手話という独特の手話を使う人たちがいると聞いたのですが」荒井が言葉を重ねる。

「独特の手話ですか？」警察官は当惑した顔になった。「すみません、私はここの生まれじゃないもんで」

巡回のついでに訊いてみますというので予備の写真を渡し、駐在所を出た。端《はな》から期待していなかったので、さして落胆はしなかった。やはり、自分たちの足で歩いて探すしかない。

道に出たところで、荒井に尋ねた。

「どこへ行く？」

「港でしょうか」

荒井は即答した。何森も同じ考えを抱いていた。漁師には代々、水久保手話を使う者が多い。この前荒井が見せた映像資料で、そう説明されていたのだ。

「タクシーを拾いますか」

「いや、歩いていこう。そんなに遠くないはずだ」

あの男が生まれ育った町を歩いて見てみたい。荒井も同じ気持ちだったようで、何も言わず後をついてきた。

狭い路地を行くと、両側の家々の軒先が迫ってくる。どの家も昔の面影を残すような佇まいだった。果樹林が続く道には、店で見かけるより大ぶりのミカンがたわわに実っている。ところどころで見かける『名産かまぼこ』『絶品干物』と書かれた旗からは、漁師の町であることが窺《うかが》えた。

静かで、穏やかな町だった。


「うーん、この写真じゃ分からんねえ」

夕方に近い時間とあって港に漁師たちの姿はなく、漁協の事務所に残っていた事務の中年女性に写真を見せたのだが、やはり首をひねるだけだった。

「五十代から六十代で、三十年ほど前に東京に出たきり。ろう者。そこまでは分かっているんですが」

いつの間にか荒井が聞き込みを主導していたが、文句はなかった。自分が初対面の相手に威圧的な雰囲気を与えることは自覚している。それに、これは公務ではない。どちらが訊いても構わなかった。

「五十代から六十代で、聴こえんもん？」女性は再度口にする。

「ええ。三十年ぐらい前に東京に出ていったきり、帰ってないと思うんですが」

「三十年前ねえ……あたしが小学生の頃やけんねえ……」

しばし考え込んでいた女性だったが、何か思いついたように顔を上げ、

「そういやあタカシさんがそれぐらいかな？　かずよおばちゃんのとこの」

と言った。

「タカシさん？　その方はおいくつですか」

「いくつやったろう。六十、三か四？　そういやあタカシさんが東京へ出ていったのはあたしが小学生の頃やったかもしれんね」

「聴こえない人なんですね？」

「そうそう」

「その人は水久保手話を使いますか」

「ああ、そりゃ使うわね」

「ここにいた時はどんな仕事を？」

荒井の矢継ぎ早の質問に、女性は記憶をたどるように答えていく。

「あそこんちも代々漁師でね……タカシさんも確か……まあ聞いた話やけど。しばらくしてそっちはお兄さんに任せて、出稼ぎで東京に出ていったって……」

「お兄さんはまだご健在で？」

「いや、もう十年も前に事故に遭って。亡くなったんよ。おじちゃんもとうに亡くなって、今はかずよおばちゃん一人だわ」

「かずよおばちゃんというのは、そのタカシさんのお母さんですか？」

「そうそう」

「その方も聴こえない？」

「そう。もう一度写真を見せてくれる？」

女性は渡された写真をためつすがめつ眺めていたが、「三十年前のタカシさんしか知らんから、はっきりとは言えんけど……こんな感じの人やったような気はするわね」

その時、ドアが開き、ボア付きのジャンバーを着た六十代ぐらいの男が入ってきた。

「あ、ちょうどええ時に来た」女性はそう言うと、男に向かって手をひらひらさせる。

男が、ん？というようにこちらを見た。女性の手が動く。手話だ。それを見ていた男が近づいてきて、女性が差し出した写真を眺めた。

女性が何森たちに説明する。

「この人、今言ったタカシさんのお兄さんの漁師仲間やったから。タカシさんのこともよう知ってるはず」

男が写真から顔を上げた。女性が手話で何か訊き、男性が同じく手話で答える。

女性がこちらを向き、「やっぱりタカシさんによう似てるって」と言った。

「今のは水久保手話ですか」荒井が訊く。

「そう」

「この方は日本手話も通じますか」

「ああ、通じると思うよ」

荒井は肯き、男に向かって手と顔を動かした。怪訝な表情を浮かべた男だったが、肯き、答えるように手を動かす。しばらく、荒井と男との手話の会話が続いた。

「分かりました。ありがとうございます」

会話を終え、写真を受け取った荒井がこちらを見る。

「どうやら、その方に間違いないようです。ノザキタカシさん。三十年間音信不通だけど、生きていれば六十三歳になっているはずだと」

何森は肯きを返した。荒井が再び女性に向かう。

「かずよおばちゃんという方はご健在なんですよね。会えますか?」

「健在ゆうか……まあ生きてはいるけど」女性が困ったような顔をした。「話はできんと思うよ。こっちの方がね」

頭の横を叩く真似をして、言った。

「かなりボケてきとるから。今は施設にいるんよ」

漁協を出た何森たちは、今晩の宿を探すため再びバス通りへと向かっていた。

「かずよおばちゃんの親戚にあたる女の子が、週末は世話しに通ってるいうから。良かったら紹介しようか」

今後の行動について思案していたところ、女性がそう助け舟を出してくれたのだ。

他人でも面会できないことはないが、そもそも意思の疎通が困難である上に、水久保手話しか解さず、二人だけで行っても話をすることは難しいだろう、と。

「その子も聴こえん子だけど、それでも良ければ」

是非紹介してほしいというと、松山《まつやま》の高校に通っているからまだこの時間は帰っていない。明日は土曜日で休みのはずだから、案内してもらえるか頼んでみる、ということだった。いずれにしても明日、ということで、今日は近くに宿をとることにしたのだった。

女性からは、港からほど近い釣り客相手の民宿を紹介されたのだが、相部屋は互いに気詰まりだろうと、中心街まで戻って手頃なビジネスホテルに入った。

シングルを二部屋とってしまえば、他にすることもなかった。まだ夕飯には少し早かったが、開いていた近くの居酒屋に入る。

それぞれ酒を頼み、地元の魚を使った料理を注文した。

「ノザキタカシか……どうやら間違いないようだな」

飲みながら、何森は言った。

「ええ」荒井も肯いた。

「さっきの男には、他に何を訊いてたんだ」

何森は酒を口に運びながら、尋ねた。

「あの方は日本手話を話せたので、そのタカシさんという方も話せたのか、と」

「で?」

荒井は首を振った。

「さっきの方は高校から松山のろう学校に進学したので、そこで日本手話も話せるようになったようですが、タカシさんは島の中学を出てすぐに漁師として働き始めたので、日本手話も口《こう》話法《わほう》も学ぶ機会はなかったようです。身内や仲間とは水久保手話で会話できますから、島で暮らす分にはそれで十分だったのでしょう」

「そうか」

「島にいる時のタカシさんは――」

荒井が続けた。

「とても陽気な、よくしゃべる人だったそうです」

「陽気?」

「はい。明るい性格で、漁師仲間からも、みんなに好かれていたと」

陽気で、よくしゃべる――。

これまで見聞きしたあの男の様子からは、想像がつかなかった。

腕時計に目をやった荒井が、「すみません」と言って立ち上がった。

「ちょっと電話してきます」

「ああ」

荒井は立ち上がり、店から出ていった。何森は一人、黙考を続ける。

明るく陽気で皆から好かれていた男が、東京に出て、「オトナシ」「ミッキー」と呼ばれるようになるまでのことを。

男とて、上京した最初の頃は、周囲と会話をしようとしたに違いない。苦手な口話や筆談を試みたり、ろう者相手には見様見真似《みようみまね》に日本手話を使ってみたり。

しかし、通じなかった。それどころか、馬鹿にされ、相手にされなかった。次第に、誰とも言葉を交わすことがなくなり、そして男は――タカシは、オトナシとなった。

大人しい男。静かな男に。

タカシが自分の思いをあますことなく伝えられたのは、カメラに向かって水久保手話で語り掛けていた、あの時だけだったのかもしれない――。

荒井が戻ってきた。「すみませんでした」と頭を下げ、再び隣に座る。

「仕事か」

「いえ」荒井は首を振った。「家の様子を、ちょっと」

「ああ」そのことをすっかり忘れていたのに気づいた。「大丈夫なのか」

「大丈夫です」荒井は肯いた。「下の子が中々寝なくて困ってるようですが」

そう言って、小さく笑みを浮かべる。

「悪かったな。こんなところまで付き合わせて」

「いえ、言い出したのは私の方ですから」

確かにそうだが、そもそもこの件に引っ張り込んだのは自分だ。荒井は、今回の旅をするのに、かなりの無理をしているのに違いない。

今のこの男には、家族があるのだ、と改めて思う。以前はともかく、少なくとも今は、自分と共通のものなど何もない。むしろ似ているといえば——。

何森は、再びあの部屋で見た光景を思い出す。

寒々とした、かび臭い部屋で、冷たくなっていた男。

たった一人で、静かに死んでいった男のことを——。

荒井の携帯に漁協の女性から電話がかかってきた。友香《ともか》という親戚の女の子に連絡がつき、その子が明日の午前中に、施設まで案内してくれるという。

予定が決まったところで、店から出た。ホテルの部屋は一人には広すぎるほどで、暖房が入っており心地よかった。何も考えずに寝よう。そう思ったが、結局夜半過ぎまで眠りにつくことはできなかった。

翌朝、約束した時間にロビーに降りると、荒井が高校生ぐらいの女の子と手話で会話をしていた。

「おはようございます」

挨拶をしてくる荒井に肯きを返し、女の子に視線を向ける。ぴょこんとお辞儀をしてきたので、何森も会釈《えしゃく》を返した。

「こちらが、野崎《のざき》友香さんです。彼女のお父さんが、タカシさんのいとこにあたるそうです。東京に出ていったきり帰ってこない親戚がいることは、知っていたそうです」

「手話は通じるのか」

「ええ、彼女は日本手話も話しますから」

荒井が手話で少女に何か話し掛ける。少女は肯き、二人を促すように玄関へと向かった。

友香は自転車で来たらしかったが、そのまま駐輪させてもらうことにして、タクシーを呼んだ。車の中で、事情を話した。

ノザキタカシらしき男性が、ひと月ほど前、埼玉県で病死した。身元を証明するものを所持しておらず、今まで知らせることができなかった。すでに火葬され、遺骨は市の方で保管している。身内が申し出れば、引き取ることができる。本当にその男がノザキタカシかどうか、母親に確認してもらいたくてここまで来た。

何森が話すことを荒井が手話で通訳する。漁協の女性からある程度知らされているのか、友香はさほど驚いた表情も見せず、時折肯きながら荒井の手話を見つめていた。

荒井の説明が終わると、友香は、申し訳ないような顔で荒井に向かって手と顔を動かした。荒井が通訳をする。

「写真を見せても、自分の息子と分かるかどうか。最近は、私のことも誰だか分からなくなっているぐらいだから」

「それでも、とりあえず見せてもいいか」

何森の言葉を荒井が通訳するのに友香は肯いてから、再び手を動かす。

それを荒井が音声日本語にした。

「写真を見せるのはいいけど、息子が死んだと伝えるのはやめてほしい」

「なぜだ」

荒井が手話で訊く。少女が答える。それを荒井が音声日本語に通訳する、ということを繰り返した。

「言っても分からないと思うし、逆に分かったら、おばあちゃんが可哀そう。おばあちゃんはたぶんもう長くない。そんな今のおばあちゃんに、わざわざ息子が死んだことを伝えて辛い思いをさせたくない」

友香は続けた。

「これは私だけの考えじゃなくて、お父さんもそう言ってる。お父さんや他の親戚たちは、タカシさんはもうとっくに死んだものと思っていたけど、かずよおばあちゃんだけはいつか必ず帰ってくると信じて待っている。だからそのままにしてあげたい」

何森は、少し考えてから答えた。

「親族がそういう意向であれば、尊重する。だが、もしその場合、遺骨はどうする。誰かに引き取ってもらわなければならないのだが」

「お父さんが引き取ると言ってます。野崎家のお墓に、ちゃんと埋葬するって」

おそらく、漁協の女性からの電話を受け、昨夜のうちに親戚で話し合ったのだろう。

何森が肯くと、伝わったのだろう。荒井の通訳を待たずに、友香が手を動かした。

〈ありがとう〉

それぐらいの手話は、何森にも分かるようになっていた。


畑や果樹園に囲まれた路地から山間《やまあい》の道へとタクシーは入った。十五分ほども揺られていると再び周囲は開けてきて、水久保とは別の集落に入ったことが分かる。

乗っている間、荒井は友香と手話で会話をしていた。逐一通訳をしてもらうのも面倒だろうと、何を話しているかは訊かなかった。

タクシーが止まったのは、『愛育苑《あいいくえん》』と書かれたかなり古びた建物の前だった。車を降りた友香は、勝手知ったる様子で玄関に進み、靴を脱いでスリッパに履き替える。何森と荒井もそれに倣《なら》った。

友香が受付で何森たちの分も面会票に記入してくれ、渡された面会バッジを付けてエレベータへと向かう。かずよが入居しているのは三階らしい。

愛育苑は、いわゆる「従来型」と呼ばれるタイプの特別養護老人ホームで、最近主流のユニット型のケアではなく、多床室（いわゆる大部屋）と個室に分かれており、かずよは六人部屋に入居しているという。

エレベータを降りスタスタと先頭を歩いていた友香が、デイルームに入ったところで立ち止まり、荒井に手話で何か言った。

「おばあちゃんを連れてくるのでここで待っていてください」

荒井が通訳するのに肯いた。

慣れた様子で生活棟の方へ向かう友香を見送り、何森はデイルームを見回した。まだ午前中の早い時間ということもあってか、閑散《かんさん》としていた。入居者らしい老女が一人、ソファに座って舟をこいでいる。つけっ放しのテレビではワイドショウが流れていた。

「DVDが観られるか確かめてみましょう」

荒井はそう言って、テレビ台の扉を開け、中を見た。しばらくして顔を上げ、「DVDプレイヤーがありますね。配線もつながっているみたいです」と言った。何森は無言で肯きを返した。

他にすることもなく、周囲を眺める。ところどころに劣化が目立つのは否めないが、掃除は行き届いており、清潔な印象だった。テレビの音声の合間に、生活棟の方から時折老人が発する意味の分からぬ声が聴こえた。

「来ました」

荒井の声に振り返ると、生活棟の方から、車椅子を押した友香が現れた。車椅子には、暖かそうなちゃんちゃんこを羽織った老女が座っている。俯《うつむ》き加減で顔は良く見えなかった。

友香は何森たちの前まで車椅子を押してきて、止めた。

そして、手話で荒井に語り掛ける。荒井が何森に通訳をする。

「タカシさんのお母さんの、かずよさん、です」

友香は老女の肩を叩き、顔を向かせると手を動かした。そして何森たちのことを指さす。老女が、鈍い動作で顔をこちらに向けた。ぼんやりと宙を泳ぐその目に、はたして自分たちが映っているのか、怪しかった。荒井がかずよに向かって手と顔を動かした。途中で何森の方を手で示す。自己紹介をしているのだろう。荒井の手話が伝わらないのか、老女の顔に変化はなかった。

「何森さん、写真を」

荒井に言われ、ポケットから写真を取り出した。かずよの方へ差し出す。彼女の視線は動かない。友香が再びかずよの肩を叩き、写真の方を示した。

ようやくかずよの顔が動き、写真に目を向ける。開いているのかどうか分からないほどの細い目で数秒ほどじっと見て、友香に視線を移した。友香が手を動かす。やはりかずよの顔に変化はない。手も動かなかった。

友香が荒井に向かって何か言う。荒井が何森にそれを伝えた。

「何も反応はありません。やはり、分からないのではないか」

「そうか」

何森は写真をひっこめた。

本人だと確認できなくては、死んだことを伝えることもできない。ここまで来たことに意味はなかったか――。

「DVDを見てもらいませんか」荒井が言った。

写真で分からないのでは映像を見せても意味がないだろう。そう思いはしたが、荒井の言うことに従うことにした。

「見せてみよう」

荒井が友香に伝え、友香がかずよに伝える。友香は車椅子をテレビがよく見える位置に動かした。何森がカバンから取り出したDVDを受け取り、荒井がプレイヤーにセットする。それまで流れていたテレビのワイドショウの画面が消えたが、ソファに座る老女はそのままうたたねを続けていた。

「では流します」

荒井が口で言うとともに、友香にも手話で伝える。友香はかずよの肩を叩き、テレビを見るように言った。かずよがぼんやりとテレビの方へ視線を向けた。

画面に映ったのは、何度も観た祭りの場面ではなかった。

スタジオに女性アナウンサーが座っていて、その背後の画面には『はんのう市民フェア』というテロップが出ている。続いて、市庁舎前にテントが張り出され、大勢が集まっている様子が映しだされた。

日吉が中身を間違えたのか、と訝《いぶか》ったが、そうではなかった。

よく見ると、フェアに集まった客の中に、あの紺のジャケットを着た男の姿があった。荒井も気づいたようで、友香に手話で何か言い、画面の中の男のことを指さす。友香がそれをかずよに伝えた。かずよの視線が動いたが、反応はなかった。

画面が変わった。今度は市民マラソンの映像だった。スタート前、広い駐車場のような場所で準備運動をしたり着替えたりしている出場選手たちの後ろに、ぽつねんと立っているあの男の姿が見えた。荒井がそれを指さし、友香に伝える。友香がかずよに伝える。かずよの目が、先ほどより僅かに開いたように見えた。

また画面が変わる。今度は神社の前だ。初詣なのか長い列ができていて、そこで参拝客のインタビューが行われている。

何森も、ようやく分かった。これは、日吉が特別編集した映像なのだ――。

祭りの映像だけでなく、他にもあの男が映っているものがないか、膨大な素材の中から探し出し、つなぎ合わせ、一枚のＤＶＤにまとめてくれたのだ。忙しい業務の間、大変な労力だったに違いない。

インタビューされる参詣客の背後に、はしゃいだように映ろうとしている子供たちがいた。その中に、一人だけ大人の、男の姿があった。もう荒井が指さすまでもなく、友香も分かっていて、かずよに伝えている。かずよの顔に不思議そうな表情が浮かび、友香に向かって、前へ、というように手を動かした。

友香が車椅子を押し、テレビの近くへとかずよを移動させる。かずよは前のめりになり、テレビ画面を見つめた。

画面が変わった。

見慣れた、あの祭りの映像だった。家族連れがインタビューされている。その背後に、男が映った。

もう教えるまでもなかった。かずよは食い入るようにテレビ画面を凝視している。

男の手と顔が動き出す。

〈お母さん、誕生日おめでとう。元気ですか？　僕は元気です〉

その目が見開かれ、それまで無表情だった彼女の顔に、劇的な変化が現れていた。

かずよは、笑っていた。

笑いながら、皺だらけのその目じりから、涙が流れ落ちた。

〈今年の正月には、お土産をたくさん持って帰ります。それまではお母さんも体に気を付けて、いつまでも元気でいてください〉

かずよの手が、動いた。しわくちゃの手がまるで生き物のように素早く、生き生きと、動いていた。眉も、目も、口も、無表情だった顔が次々に変化し、テレビの中の男に応えていた。

男に向かって語り掛けていた。

彼女の口が動いた。声が、漏れた。不明瞭な声ではあったが、何と言っているかは、何森にも分かった。

タカシ。タカシ。

かずよは、何度も繰り返し、そう口にしていた。三十年会わなかった息子の名を、呼んでいた――。

おばあちゃんが心配なのでもう少しここにいる、という友香を残し、何森と荒井は施設を出た。息子の死をその場で母親に告げることはしなかった。どうするかの判断は友香の父たちに任せる。タカシの遺骨も、後で手続きをすれば送ることもできると、友香に告げた。

待たせていたタクシーに乗り込むと、運転手が「ホテルに戻りますか?」と訊く。

「一番近い高速バスの乗り場はどこになる?」

「文化公園の入り口ですかね。十分ぐらいで着きます」

「じゃそこまで」

「はい」

タクシーは静かに発進した。

「このまま戻りますか?」荒井が言った。

「どこか寄るところがあるか」

「港に行きたいんですが」

「港?」

「ええ」荒井は、肯き、続けた。

「まだ午前中です。漁から戻ってきた船が着いているかもしれません」

船が着いていたらどうする、とは訊かなかった。何森にも、荒井の意図が分かった。

「運転手さん、悪いが行き先変更だ。港まで行ってくれ」

「分かりました」

来た道を、タクシーは戻っていった。


港に着くと、漁から戻ってきた船が水揚げをしている最中だった。岸に横付けされた漁船から、獲れたての新鮮な瀬戸内海の魚が次々に水揚げされていく。

タクシーを降り、しばらくその光景を眺めた。

大きな網から落とされた大量の魚が、次々とプラスチックのケースへと移されていく。どの船も大漁だったらしく、漁を終えた男たちも、それを迎える女たちも、活気にあふれていた。

はしゃいだ声や威勢の良いやり取りが飛び交う中、せわしなく手を動かしている一団がいる。声は出したり出さなかったりだが、手と顔の動きは止むことがない。

ろう者なのか、あるいは手話を使う聴者なのか。

いや、ここではそんな区別をする必要はないのだ。

何森には、彼らの言葉は分からない。それでも彼らが、今日の大漁を誇り、祝い、喜びを分かち合っていることは、見ただけで分かった。

「タクシーの中で友香さんから聞いたのですが」

荒井が静かに口を開いた。

「友香さんのお父さんぐらいの時代までは、松山のろう学校に行って水久保手話を使うと、周囲から馬鹿にされて嫌な思いもしたそうです」

「馬鹿にされる？」

「ええ。そんなの手話じゃない、言葉じゃない、ただのジェスチャーだって」

何森は言葉を挟まず、荒井の話を聞いた。

「よっぽど悔しかったらしく、お父さんは今でもお酒を飲むとそのことに怒るそうです。水久保手話はちゃんとした手話だ、俺たちの言葉だって」

漁師たちが水久保手話で語らっている姿を、何森は見つめた。何か冗談を言ったのか、笑い声がここまで聴こえるようだった。

あの男と自分が似ている、というのは大きな間違いだった。今、何森はそう思う。奴には帰ってくる場所があった。帰りを待ちわびる母親がいて、迎えてくれる仲間がいる。

そして、自分たちの言葉がある――。

ふと、漁師たちの中にあの男の姿を見た気がした。

他の男たちと同じようにブルーの合羽《かっぱ》ズボンとゴム手袋をつけ、せわしなく魚を運んでいる。男は、饒舌《じょうぜつ》だった。止まることなく手を、顔を動かし、周囲の者たちと陽気に会話をしていた。

ふいに男が、こちらを見た。

大きな笑みを浮かべると、何森に向かって手を動かす。

なぜか、何森には男が何と言っているか分かった。

今日もいい一日だったな。
男は、そう言っていた。
明日もいい一日になればいいな。
静かに死んでいった男が、確かにそう言っているのを、何森は見た。

第4話　法廷のさざめき

乗っていた電車が事故のため遅延となり、園に着くのが十分ほど遅れた。

いつもであれば玄関を入ったところで迎えに来た親たちがかたまっておしゃべりをしている光景が見られるのだが、みな帰ってしまったようで誰もいない。廊下を進むとすぐに幼稚部の教室が見えた。ここでは教室と廊下との間を遮《さえぎ》る壁やドアがないため、部屋に入らずとも中の様子が分かるのだ。

瞳美は、広い部屋の隅に置かれたテーブルの前にペタンと尻をつき、クレヨンを持った右手を一生懸命動かしていた。彼女だけかと思っていたがもう一人、園の職員と並んで絵本を眺めている男の子がいる。

荒井尚人は、しばらく教室の入り口に立って娘の様子を眺めていた。こちらからは丸見えだが、お絵描きに余念がない瞳美は荒井が来たことに気づかない。男の子の方が先に目を留め、大きく手を挙げてくる。荒井も手を挙げて応えた。気づいた園の職員が〈ご苦労さまです〉と挨拶してくるのに、〈遅くなってすみません〉と頭を下げ、教室の中へ入った。

周囲の動きに気づいたのか、瞳美がようやく顔を上げる。父を見たその顔に大きな笑みが広がった。さっきまで宝物のように握りしめていたクレヨンを放り投げ、飛びついてくる。片手で受け止めながら、荒井はもう一方の手で〈何の絵を描いてたの?〉と尋ねた。

瞳美の手がひらひらと動く。最初は片手の人差し指だけを頰に軽く当ててから、その指を引っ込めると同時に親指を立て（＝お父さん）、入れ替えるように小指を立て（＝お母さん）、続いてその小指を下から上に向かって動かした（＝お姉ちゃん）。

テーブルの上の画用紙を見れば、確かに三つ、人の顔のような物が並んでいる。だが荒井には、どれが誰であるのか全く見分けがつかない。

男の子が、荒井に向かって手を激しく動かしてきた。その表情もめまぐるしく変わる。

〈こっちがおとうさんでこっちがおかあさん！ それでこっちがおねえちゃん！ ひとみちゃんのおねえちゃんしってる！ まえにおりがみでひこうきおってくれた！〉

瞳美が対抗するように手を動かす。〈あたしもおってもらった、カエル！〉

〈カエルだって、へんなの！〉

〈へんじゃない！〉

もう荒井のことはそっちのけで手話《ことば》をぶつけ合っている。男の子の名前は田村洋輔《たむらようすけ》くんといったか。瞳美と同じ先天性の失聴で、聴こえの程度も同じぐらい──両耳とも一〇〇デシベル以上の「全ろう」児だ。

その小さな耳に、補聴器は見えなかった。それも瞳美と同じ──いや二人だけではない、ここ恵清学園幼稚部に通う子供たちのほとんどは、人工内耳《ないじ》をしていないだけでなく補聴器も装用していない。それが決まりになっているわけではなく、「手話を母語《ぼご》として育てる」ことを決意した親たちが、ここを選んで入学してくるためだろう。

そう、二年半前の荒井とみゆきのように――。

一度は人工内耳の手術を受けることを決めたみゆきは、瞳美が一歳を迎えるにあたり、最後の最後でそれを断念した。直接のキッカケになったのは新聞で目にした「専門家」の心ない言葉だったが、理由はそれだけではない。

人工内耳をすることによって得られるもの・失われるもの。秤《はかり》にかけて答えが出るようなものではないのだ。「正解」などきっと誰にも分からない。人工内耳を選択した親たちとて、それぞれに悩み、葛藤した上でその道を選んだのに違いない。

中等部まで一貫の私立のろう学校――正確には特別支援学校――恵清学園幼稚部の教育内容は、一般の幼稚園・保育園と変わらない。三歳児から五歳児までの子供たちが、遊びや運動、絵本の読み聞かせ、食事やおやつなどの時間を過ごし、誕生会や遠足などの行事もある。

ただ一つだけ、しかしよそと大きく異なるのは、「園内のすべての会話が日本手話で行われる」ことだ。先生たちの多くはろう者で、それ以外の者も流暢《りゅうちょう》に日本手話を使いこなす職員ばかりだった。

「こんにちは！」

声に振り返ると、急いでやってきたのだろう、洋輔くんのお母さんが息を切らして立っていた。

荒井が日本手話で〈こんにちは〉と返すと、彼女は慌てたように手話で挨拶を返してきた。そして、母親を見つけて飛びついてきた洋輔くんを両手で受け止める。洋輔くんの手と表情が凄《すご》いスピードで動いた。

〈きょうね、あさのかいでぼくがはっぴょうしたの！　このまえおとうさんとおかあさんとみんなでゆうえんちにいったでしょ、そのときおとうさんがしゃしんをとろうとしてころんでおかしかったでしょ、そのことをぼくがはっぴょうしたらね〉

洋輔くんのお母さんが困った顔でぎこちなく手を動かした。

〈ごめんね〉〈もう少し〉〈ゆっくり〉〈しゃべって〉

〈わかった、ゆっくりはなすね、それでね、ぼくがゆうえんちにいったときのことをはなすとしょうたくんがね〉

〈誰？〉〈名前〉〈もう一度〉

洋輔くんは肯《うなず》き、母親に対し言って聞かせるように名前の指文字をやり直す。親子の関係が逆転しているように見え、荒井は思わず微苦笑を浮かべた。

さっき、「つい」音声日本語を口にしてしまったことからも分かるように、洋輔くんのお母さんは聴者《ちょうしゃ》だ。彼女だけではない。荒井やみゆきも含めて、ここに通う子供たちの親の半数以上は「聴こえる者」だった。

聴親《ちょうおや》たちの多くは日本手話初心者で、現在も手話習得の途上にある。そんな親たちのためにここでは定期的に家族対象の手話教室が開かれていたが、他の時間にも頻繁《ひんぱん》に通っては先生やろう親《おや》たちと言葉を交わすことで手話を覚えようと、みな懸命だった。それでもやはり、子供たちの習得の速さには敵わない。デフ・ファミリーでもなければ、子供の方が手話が達者なのは仕方がなかった。

私はこの子を、「ろう児」として育てます。

二年半前、主治医に向かってそう宣言したみゆきは、荒井と相談の上、一般の保育園に預けるのもやめ、恵清学園のプレスクール（乳幼児教室）に通うようになった。

〈見てください〉

初めてここを訪れた時、案内してくれたろう者スタッフが、みゆきの腕の中にいる瞳美を眺めて言った。

〈私が手話で話し掛けるのに、手をひらひらさせたり眉やあごを動かしたりしてるでしょう？これが、手話の喃語《なんご》です〉

荒井が通訳するのを聞いて、みゆきも娘の顔を覗き込んだ。確かに瞳美は先ほどから手だけでなく、表情もくるくると動かしていた。

〈正常に言語が発達している証拠です。赤ちゃんの時からご家族が手話での話し掛けをしていたおかげですね〉

荒井の通訳を、みゆきは肯きながら聞いていた。

〈喃語の時期を過ぎると、手話の単語を表すようになり、二歳までには手話でかんたんな文章を言えるようになります。その言語の発達は、聴こえる赤ちゃんが音声日本語を獲得するのとまったく同じ段階をたどります〉

プレスクールに通うようになってからのみゆきは、少しでも早く日本手話を習得しようと必死になった。そして、瞳美にもなるべく手話での話し掛けをするよう努めた。

身近に荒井という手話の使い手がいる分、他の聴親たちよりは環境には恵まれていたはずだ。それでも、しょっちゅう美和に、

「お母さん、その手話違う」

「それじゃあ瞳美が変な手話《ことば》覚えちゃう」

と注意され、しゅんとしていた。

そんな指摘ができるぐらいに、美和は以前にも増して手話が上達していた。ろう児たちとも難なく会話が交わせるため、園の家族交流会などに参加する機会があったりすると、荒井やみゆきを押しのけ彼女の周りにわっと子供たちが群がるのだった。

もちろん美和は、瞳美にとっても「頼りになるお姉ちゃん」だった。手話は母親より上手だし、父親より何倍も気が利く。家族揃《そろ》って出かける時も、常に美和が妹に寄り添い手話で語り掛ける、というのが馴染《なじ》みの光景になっていた。

「瞳美が初めて覚えた手話は、『お姉ちゃん』だもんねー」

その頃の美和は、よくそう自慢していた。確かに、瞳美が初めてはっきり表した単語は、小指だけを立てて上に動かす〈姉〉という手話だったのだ。

「美和がそればっかり教えたからでしょう」

みゆきが不満そうに言うと、

「はいはい、でもその次が『お母さん』の手話だからいいでしょ」

そういなしてから、「『お父さん』は中々覚えなかったんだよねー」とからかうように続けるのだった。

荒井は苦笑を返すだけだったが、みゆきは少しだけ申し訳なさそうな顔を荒井に向けた。

瞳美が〈お父さん〉という手話を中々覚えなかったのは、彼女が赤ん坊の頃、その言葉が家族の会話の中で使われることがほとんどなかったからに違いない。荒井自身が自分のことをそう表現することはなかったし、もう一人の手話の使い手である美和もまた、その言葉を発しなかった。

それでも荒井は最近、普段はいまだに「アラチャン」と呼んでいる美和が、瞳美に対しては〈お父さん〉と表現しているのを知っていた。妹が混乱しないように彼女なりに考えて使い分けているのか。あるいは、手話だと意識せずにその言葉を発することができるのか。

とにもかくにも、荒井の家庭では――少なくとも瞳美がその場にいて目を開けている時には――手話が公用語になった。それはごく自然なことだと荒井は思っていた。そして、美和はいつまでも「頼りになるお姉ちゃん」でいてくれると、楽観していたのだった。

復職したみゆきが出勤前に瞳美を園まで送り、荒井が午後には仕事を入れないようにして迎えに行く。そんな生活スタイルにも慣れた六月の半ば頃、荒井に新規の手話通訳の依頼があった。依頼してきたのは、旧知の相手だった。

「ご無沙汰しております、新藤《しんどう》です」

ＮＰＯ法人「フェロウシップ」の新藤早苗《さなえ》の声が、携帯電話の向こうから流れてきた。

「お久しぶりです、皆さんお変わりないですか」

同じＮＰＯのスタッフである片貝とは仕事がらみで連絡をとることもあったが、新藤やフェロウシップ代表の手塚瑠美《てづかるみ》とは無沙汰が続いていた。

短く互いの健在を伝え合った後、「今日お電話したのは」と新藤が切り出した。

「手話通訳の依頼なんです。民事裁判の法廷通訳なんですけど」

「法廷通訳？　直接に、ですか？」

思わず問い返した。通常、法廷通訳――裁判の際の手話通訳は、都や県の通訳士を派遣するセンターを介して依頼がくる。依頼元は裁判所だ。中立性が問われるため、裁判の当事者が通訳人を指名することもできないはずだった。

「ええ、今回は民事ですから。うちが支援しているろう当事者は、原告なんです」

そういうことか――。ろう者が原告となって民事訴訟を起こした。それをフェロウシップが支援している、というわけだ。原告の専属通訳という立場になるのだろうか。勝手が分からず、少し戸惑った。

「お引き受けいただけますか？」

「民事裁判の通訳経験はないのですが、いいのでしょうか」

「ええ、もちろん。実は一回目の期日はもう済んでいて、書類のやり取りだけで原告は出廷しなかったので通訳も必要なかったんですけど。次回の期日は、来月の三日と決まっているんです」

「スケジュールは大丈夫ですが……」

「ああ良かった」

電話の向こうで新藤は安堵《あんど》の声を漏らした。

「今回の件は、是非荒井さんにお願いしたいと手塚も片貝も口を揃えていたので。原告本人も交えて詳細をお話ししたいので、ご都合のつく日に一度こちらにいらしていただけますか?」

まだ引き受けるとは言っていなかったが、すでにその前提で話が進んでいた。新藤らしいと内心で苦笑しながら、「分かりました」と答えた。

「いつにしましょうか……」

互いに都合の良い日時を出し合い、日にちを決めた。大まかな内容はメールで送る、ということで電話を切った。

新藤からのメールは、すぐに送られてきた。

正式なオファーの前とあって原告の名は記されておらず、都内に住む先天性の聴覚障害者である二十代の女性、とされていた。訴えた相手は女性が勤める中堅どころのアパレルメーカー。内容は――、
女性は四年前の入社時に、業務の際必要な時は手話通訳をつけてもらうなどの約束をしていたが、その後、通訳や筆談などの配慮はなされなかった。さらに昇格や昇進に必要なセミナー

や研修への申し込みを拒否される、同期入社の社員と比べ低賃金に据え置かれる、などにより精神的苦痛を与えられたとして、二百万円の損害賠償を求める、というものだった。

聴覚障害者が、「雇用差別」で会社を訴える——。

こういうケースに前例があるのか、荒井は知らなかった。法廷通訳の経験豊富な荒井でさえ民事の通訳が初めてであることを考えると、聴こえない者が原告として訴訟を起こすこと自体、珍しいのかもしれない。

打ち合わせの前に裁判の流れについて知っておこうと、インターネットで調べた。

民事裁判では、少額のものでは原告自身が訴訟手続きを行う場合もあるが、少し複雑な事案になると訴訟代理人として弁護士を立てることが多い、とあった。今回は、片貝が訴訟代理人になっているのだろう。

訴訟を起こすにあたっては、まず訴訟代理人が、趣旨や原因を記した「訴状《そじょう》」を裁判所に提出する。対して訴えられた側——被告は、訴状に対しての言い分を「答弁書《とうべんしょ》」として裁判所に提出する。第一回口頭弁論では、互いの訴訟代理人が法廷に出頭し、訴状・答弁書に基づいて互いに主張を述べ、それを裏付けるための証拠を提出する。

新藤が電話で「一回目の期日はもう済んでいる」と言ったのはこの段階のことだろう。代理人同士のやり取りで原告も被告も出廷しないことがほとんどというから、通訳人も必要はない。

口頭弁論で当事者間の争点が明らかになれば、その争点について判断するために裁判所は証人尋問などの証拠調べの手続きを行う。

おそらく次回がその「証拠調べ」となり、証人尋問が行われるのだろう。つまり、原告や被告が出廷する。その際、当然通訳人も必要になる——。

裁判の流れと別に、もう一つ、新たに知ったことがあった。

刑事事件では、被告が「聴こえない者」である場合、裁判所が手話通訳者を用意すると定められている。しかし民事裁判では、通訳を用意するのは「それを必要とする側」となるのが通例らしい。今回は原告側だ。そして通訳人への対価は、訴訟費用の中に含まれる。おそらく支援するフェロウシップがいったん立て替える形になるのだろう。最終的には敗訴当事者負担、つまり、裁判に負ければ他の費用と同じくそのまま原告側の負担となる、ということだった。

刑事と民事で通訳者の立場が異なることに釈然《しゃくぜん》としない思いを抱えながら、パソコンを閉じた。

脇に置いてあった携帯電話が、メールの着信を知らせていた。新藤から補足のメールかと思ったが、表示されていたのは義姉《あね》の枝里の名だった。

メールを開く前から、内容には心当たりがあった。急いで文面を見る。

【忙しいところ何度も申し訳ありません。一度、司の様子を見に行ってくれませんか】

やはり司の件だ。短い文章だが、切羽詰まった感じがあった。すぐに返信をする。

【連絡しないですみません。その後、何かありましたか】

枝里の返事も早かった。

【ここのところ、学校にも行かなくなって、毎日外を遊び歩いてるの。何だか変な人たちとも

付き合っているようで心配で】

以前から相談を受けていながら、忙しさにかまけて何もしていなかったことに責任を感じた。

【分かりました。連絡をとってみます】

司の進路にからんだ一連の「事情」を枝里から教えられたのは、今年の春のことだった。

兄一家とは、瞳美が生まれてからは以前に比べれば交流する機会が増えていた。おそらく瞳美が「聴こえない子」と分かったことと無縁ではないだろう。悟志たちにとって、彼女は間違いなく自分たちの「ファミリー」なのだ。瞳美の三歳の誕生日には、わざわざお祝いを持ってきたほどだった。受験を控えた司こそ同行していなかったが、悟志と枝里は瞳美と手話で会話を交わしながら相好を崩していた。

それが、今年に入ってからぱったりと音沙汰がなくなっていた。

ああ見えて悟志も、息子の出来がいいことは自慢なのだ。司が大学に合格したらすぐに連絡があるに違いない。そう思って待っていたのだったが、私立・国立ともに合格発表が出揃った時期になっても一向に吉報が届かない。受験に失敗したかと案じながら近況を尋ねたところ、

【司は、専攻科に進むことになりました】

そう枝里から返事があった。

「専攻科」とは、ろう学校高等部の本科を卒業した生徒を対象とした二年制の課程のことだ。

もちろん専攻科を経てから大学受験することも可能だが、普通は進学しない者が就職に有利なように技術などを学ぶために通う。

進学はやめたのかと再度尋ねたところ、枝里から【会って話したい】と返事があったのだった。

分かりやすい場所がいいだろうと、待ち合わせ場所は双方の家から等距離ほどにある駅構内のカフェにした。当日、約束した時間ちょうどに現れた枝里は、荒井を見つけると申し訳なさそうな顔で近寄ってきた。

〈わざわざすみません〉

詫びながら席に着く。

〈今日は仕事はないから大丈夫です〉答えてから、〈そちらは大丈夫なんですか？　スーパーはお休み？〉と尋ねた。一瞬、枝里が怪訝《けげん》な顔になった。

〈仕事のこと、誰から聞いたの？〉

〈前に司から。パートでレジの仕事をしてるって〉

枝里は、ああ、という風に肯いてから、〈レジじゃないけど。総菜をつくる係〉と答えた。

そう、と相槌《あいづち》を返すと、

〈レジは難しいから〉

言い訳するようにつけ加えた。

その言葉の意味は分かった。一般的には比較的容易な仕事として挙げられることの多いコンビニやスーパーのレジ打ちだったが、「聴こえない者」にとってはそこに「言葉の壁」が立ちはだかる。商品をスキャンしたり袋詰めにしたりすることはさほど難しくなくても、「接客」はそう簡単にはいかない。特に最近のスーパーやコンビニはポイントカードの有無やレジ袋が入り用かなど、客とコミュニケーションをとらなければならないことが増えている。ろう者にとってはハードルの高い職種なのだろう。

〈司のことで話というのは〉

枝里の方から切り出しにくいかと、こちらから水を向けた。

〈うん……〉

枝里が、途端に暗い顔になった。

〈司が大学受験をやめたのは、うちの経済的な事情なの〉

意外だった。確かに大学に進むには費用がかさむが、それを含めて前々から準備をしていたのではなかったか。

〈実は、昨年の年末に、あの人が仕事で手を怪我してしまって……〉

初耳だった。昨年末と言えば、悟志と最後に会ったすぐ後ぐらいのことか。

〈機械の操作ミスで右手の指の腱を切ってしまったの。労災は下りたから生活の方は何とかなったんだけど、治った後も前みたいに細かい仕事はできなくなってしまって……〉

建具職人は指先の繊細な感覚が重要なことぐらいは荒井も知っていた。今までのような仕事ができなくなれば、当然収入にも影響する。いくら枝里がパートに出ても、家計はかなり苦しくなるだろう。それで、司の進学どころではなくなってしまった……。

〈何で――〉

もっと早く、と手を動かしかけて、途中で止めた。人に弱みを見せたがらないのは昔からのことだ。自分がそんなヘマをしたことも許せないのだろう。ましてや経済的な困窮を弟に相談などするわけがない。立場を逆にすれば、おそらく荒井とて同じだった。

だが、司はどうなる……?

〈それで進学を諦めたんですか? 他に何か方法は――奨学金とかは?〉

荒井の言葉に、枝里は首を振った。

〈奨学金っていっても、結局は返さなきゃいけないでしょう? 借金してまで大学に行くことはないってあの人が。自分がちゃんと働けるようになってからまた考えればいいって〉

奨学金には給付型のものもあるはずだが、数少なく条件も厳しいのだろう。そう言えば少し前、利子の高い奨学金を返還できない家庭が増え、訴訟に発展した挙句、自己破産に陥るケースも出てきた、というニュースを見た記憶もあった。

〈司は、浪人してでも国立に受かるよう頑張るって言ったんだけど〉枝里が続けた。〈そんな余裕はないから、専攻科で手に職をつけて就職しろって、あの人が〉

〈……それで、司は?〉

〈どうしようもないっていうことは分かったと思うんだけど。やっぱり納得いかないみたいで……〉

司の気持ちは、痛いほど分かった。

親の期待もあっただろうが、大学への進学は誰よりも司自身が強く望んでいたに違いない。中学で地域校にインテグレートしたのも、その方が有利だという理由だったはずだ。そこでうまくいかずろう学校に戻った司には、元の同級生たちを見返してやりたいという気持ちもあったのではないか。自分の学力の問題であればともかく、それ以外の理由で進学を諦めなければならないとは、さぞや無念なことだろう——。

〈それから司も荒れちゃって……あの人とも何度もぶつかって、一度は取っ組み合いになったことがあったんだけど、その時〉

枝里は少し言いよどんだが、続けた。

〈あの人、司に投げ飛ばされちゃったのよ。そんなこと初めてで、二人ともびっくりしたみたいだけど……それ以来、お互いに全く口をきかなくなっちゃって。司に何か言うにしても私を通して。でもあの子は私の言うことなんか聞かないし……〉

そこまで話して、枝里の手は止まった。

〈分かりました〉荒井は言った。〈一度司に会ってみます〉

〈本当?〉枝里の顔が少しだけ明るくなる。〈そうしてもらえると助かる〉

〈私が会って何とかなるとは思わないけど、会って話を聞くぐらいしかできることはないですから〉

〈ううん、あの子、あなたの言うことだったら聞くと思う〉

〈そんなことはないでしょうけど〉

〈少なくとも私たちよりは……実はあの子、小学生の頃は警察官になりたいって言ってたのよ。「叔父さんみたいになりたい」って〉

〈私は警察官じゃありませんよ〉意外な言葉に驚いて、そう返した。〈事務職です。それにもう十年以上前のことで、司は知らないでしょう〉

〈それが覚えてるみたいで、よくそう言ってたの……でも、聴こえないと警察官にはなれないでしょ？　その後消防士にも憧れたみたいなんだけど、それも無理だって知って……。一時はかなり落ち込んでたのよ〉

確かに、聴こえない者は警察官にも消防士にもなれない。両者ともに採用試験の受験資格「身体要件・聴力」の項目に、「職務執行に支障がないこと」「正常であること」などの条件があるのだ。具体的な数値の設定はないようだが、少なくとも司ほどの聴力レベルでは試験を受けることさえ叶わぬだろう。

〈「勉強で頑張ればいいんでしょ」って言い出したのはその後なの。「大学の試験は平等でしょ」って。あの子、本当に頑張ってたのに……〉

枝里は、悔しそうな表情で下を向いた。

それが、三か月ほど前のこと。その後すぐに司にはメールしたが、何度送っても返事はこなかった。どういう用件かは向こうも分かっているのだろう。説教はご免ということか。さてどうすればいいか……。思案しているうちに今まで時間が過ぎてしまったのだった。

枝里から、再びメールがきた。

【メールしても返事がこなかったら】

最近司がいりびたっている場所を同級生から聞きだしたので、そこに行ってみてくれないかという。ろう学校に行く途中駅の近くにあるゲームセンターらしい。

【分かりました。近いうちに必ず行きます】

そう返事をして、携帯を閉じた。


新藤と約束した、民事裁判の打ち合わせの日を迎えた。

フェロウシップの事務所がある私鉄の駅で降り、商店街を歩く。以前訪れた際にも寂れた印象があったが、さらにシャッターを閉じた店が増えているようだった。目立つのは駅前のドラッグ・ストアや横文字店名のカフェなど、どの町でも見かけるチェーンの店ばかりだ。

初めて訪れたのは……と六年前のことを思い起こす。あの時は、新開浩二《しんかいこうじ》という詐欺《さぎ》や恐喝《きょうかつ》の容疑で勾留《こうりゅう》されていた男について、片貝に尋ねるのが目的だった。

そう言えば、新開は今どうしているのだろうか。確か判決は二年の実刑。とっくに出所しているはずだ。裁判の場で被害者に詫びることのできた彼が、再び元の稼業に戻ることはないと確信はしていた。とはいえ、前科のある身では就労するにも困難がつきまとうに違いない。誰か支援してくれる者はいたのだろうか。片貝に訊けば分かるかもしれない……。思いを巡らせているうちに、フェロウシップの事務所に着いた。

「お待ちしていました」

ドアを開けた新藤は、以前と変わらぬ明るさで出迎えてくれた。

「そう言えば、電話で言い忘れてしまって」

打ち合わせ室に案内しながら、新藤がこちらを向いて頭を下げる。

「今頃でなんですが、お子さんのこと聞きました。おめでとうございます」

「ああ、ありがとうございます」

「今日はすぐ仕事の打ち合わせになってしまうでしょうから、今のうちに言っておこうと思って」

新藤はそう言って笑みを浮かべた。

「女の子なんですよね。おいくつに?」

「三歳になりました」

「可愛いでしょうね」

「そうですね、まあ」

「あら、びっくり!」

新藤が立ち止まり、荒井の顔を見た。

「荒井さん、お父さんの顔になってる!」

「え――いやそんなことは……」

「ううん、本当に。こんな荒井さんの顔、初めて見た。へー、あの荒井さんが……」

「からかわないでくださいよ」

新藤は、「ごめんなさい」と笑ってから、「じゃ、行きましょう。皆さんお待ちかねなので」と打ち合わせ室に向かった。

「荒井さん、お見えになりましたぁ」

ドアを開けた新藤に続いて、部屋に入る。

テーブルの向こうに、瑠美と片貝、そしてもう一人の女性の姿があった。

瑠美が真っ先に立ち上がった。一礼してから、その手が動く。

〈ご無沙汰しています。お元気そうで〉

荒井も手話で挨拶を返した。〈お久しぶりです、瑠美さんもお元気そうで〉

はい、と肯いた瑠美の顔に、屈託のない笑みが広がった。社交辞令でなく、本当に元気そうに思えた。片貝とも挨拶を交わしてから、女性を紹介された。

〈こちらが、今回の原告の秋山《あきやま》弥生《やよい》さんです〉

〈初めまして、秋山です。どうぞよろしくお願いいたします〉

女性が、荒井に向かって手を動かした。ネイティブに近い日本手話だった。二十代後半と聞いた年齢よりも落ち着いて見える。初対面の荒井に対しても、物おじする様子はなかった。

荒井も挨拶を返したところでみな腰を下ろし、テーブルを挟んで向かい合う。

《ではまず、私の方から今回訴訟を起こすまでの経緯をご説明します》

片貝が打ち合わせを主導した。彼が使うのは日本語対応手話だが、弥生との会話に支障はないようだった。
《秋山弥生さんは、生まれついての感音性難聴《かんおんせいなんちょう》で、聴こえの程度はおよそ九〇デシベル。小学校から高校までろう学校に通い、そこから大学に進学した、ということです。現在の彼女の第一言語は日本手話ですが、口話《こうわ》も少し使えます》
片貝は、そう説明してから続けた。
《大学ではノートテイクなどの配慮をしてもらえたこともあって、成績は優秀でした。聴者の友達も多く、彼らは指文字や簡単な手話を覚えてくれたり、スマホを使って会話したりと、コミュニケーションにはさほど不便を感じずに大学生活を過ごしたそうです》
弥生という女性のキャンパスライフを想像して、ふと司のことが頭を過《よぎ》った。あの子にも、そういう大学生活が待っていたかもしれないのに――。
《現在も勤めるアパレルメーカーへの入社は、大学の就職課からの紹介だったそうです。生産管理部門への配属でした》
片貝の説明は続いた。
《「障害者雇用枠」での採用で、過去にも実績はあったようですが、「聴覚障害者」の採用は初めてだったようです。荒井さんは「障害者雇用枠」についてご存じですか？》
〈少しは……〉
さほどの知識があるわけではなかったが、司のことがあって自分なりに少し調べてみたのだ。
〈役所も企業も、従業員全体の何パーセントかの割合で障害者を雇用しなければならない、と

決まっているんですよね〉

《そうです。「障害者雇用率制度」というものです。障害者雇用促進法によって定められていて、すべての事業者に、雇用する労働者のうち一定比率の障害者の雇用が義務付けられています。比率は民間では以前は二%でしたが、昨年の四月から二・二%に引き上げられました》

その制度に基づき、企業が一般雇用枠とは別に設けているのが「障害者雇用枠」。もちろん聴覚障害者に限らず、志願者は一般枠でも障害者枠でも受けられるが、初めから障害者枠で募集をしている企業はそれに応じた配慮や支援体制を用意しているのが普通であるから、入社する側にもメリットがある。

片貝はそう説明してから、《弥生さんの場合も》と本題に戻った。

《採用時に、筆談での対応や、必要な時には手話通訳を用意してくれる、という配慮が約束されました。最初は契約だが一年後には正社員にする、昇給や昇進も同期の健常者社員と同じ、という条件だったそうです。しかし――一年後に正社員にする、という約束以外は、すべて反故にされました》

片貝の手の動きが、そこでいったん止まった。

《相手方の具体的な対応については、改めてご本人からお話ししていただきます》

片貝は荒井にそう言ってから、弥生の方を向いた。

《裁判の時にも同じことを訊かれますから、練習だと思って答えてください。まず、「手話通訳」についてはどんな対応でしたか?》

〈はい〉弥生が、ひと呼吸置いてから話し始めた。
〈「手話通訳」については、「手話のできる社員」という人が最初つきましたが、正直言って通訳レベルの手話技術ではなく、ほとんど意思の疎通ができませんでした。かえって分かりにくいので、数回頼んだだけでやめました〉
《「筆談」についてはどうでしたか?》
〈「筆談」については、仕事に使っている紙にその都度《つど》走り書き程度のことをしてくれる人もいましたが、段々面倒くさいといってしてくれない、あるいは忙しいなどの理由で応じてくれない、という風になっていきました〉
すでに何度か練習しているのだろう。さほど言いよどむことはなく、答えていく。
《それらの問題について、上司や総務課などに訴えることはしましたか?》
〈はい。直属の上司にはもちろん、総務課にも訴えました〉
《何か改善されましたか?》
弥生は首を振った。〈全く改善は見られず、逆に周囲の態度が次第によそよそしく、冷たいものになっていきました〉
《その後、どうなりましたか》
〈その状態のまま、二年、三年と経っても約束の昇格や昇進はなく、受けさせてもらえるはずの資格試験はもちろん、それに必要な研修さえ受けさせてもらえず、昨年、全く別の部署に配置換えになりました。それで、こちらに相談を……〉

《分かりました。ありがとうございます》

片貝が、荒井の方に向き直った。《以上が、ここまでの経緯です》

〈――なるほど、よく分かりました〉

荒井はそう答えた。確かに、許容できない会社側の対応だった。それでも訴訟にまで踏み切るには、かなりの勇気がいったに違いない。金銭面での支援はフェロウシップがしてくれたとしても、「現在勤めている会社を訴える」行為が当人をどのような立場に追い込むかは、容易に想像がつく。

そう、事情は違えど、荒井もかつては同じような立場に身を置いたことがあったのだ。

もう十四年ほども前のことになる。所属していた組織の不正を訴えた自分に向けられた周囲の非難の目。聞こえよがしの嫌味。無言電話。面と向かって浴びせられた罵声。そして左遷人事。ついには、職を辞さざるをえなくなった――。

〈障害者差別解消法ができ、障害者雇用促進法でも合理的配慮は法的義務になりましたが、依然こういった出来事は後を絶ちません〉

片貝の隣に座っていた瑠美が手を動かした。苦い記憶を振り払い、彼女の方に目を向ける。

〈今まではこういうことがあっても泣き寝入りするケースがほとんどだったと思います。同じような思いをしている人たちにとって、今回の裁判はとても重要なものになるはずです〉

手の動きはしなやかだが、顔には決然とした表情が浮かんでいる。

《一方で、原告の弥生さんにとっては辛い裁判になるかもしれません》

片貝が、険しい面持《おもも》ちを弥生に向けた。

《おそらく相手方は、自分たちには落ち度はないことを立証するために、弥生さんの職務態度、能力の評価について厳しく言及してくるでしょう。上司や同僚の証人の尋問では、批判にさらされるかもしれません》

片貝は、弥生に尋ねた。

《もう一度確認しておきますが、その覚悟はありますか?》

〈はい〉彼女は、ためらいなく答えた。〈どんなことを言われても平気です〉

その力強い視線が、荒井へと向けられる。

〈私の言葉を、最後まできちんと裁判官に伝えてください。どうぞよろしくお願いします〉

荒井は、その時はっきりと分かった。

彼女は、誰に言われたわけでもなく、自分の意志で、今回「闘う」ことを決めたのだ。

彼女が求めているのは、「弱者への支援」ではない。同じ社会を生きる者として、当然の権利を求めているのだった。

帰宅してからも、様々な思いが頭の中で錯綜《さくそう》していた。当初、民事で原告側の通訳と聞いた時には、ろう者が被告となる刑事裁判に比べれば精神的負担は少ないはず、などと思っていたのだ。

だが――。

《本人尋問の時、いかに萎縮《いしゅく》せず自分の思いを裁判官に伝えられるか。それが今回の裁判の鍵になると思います。勝算は、正直言って半々です》

別れ際、片貝は慎重な言い回しで告げた。

《瑠美さんにもそのための頼み事をしていますが、荒井さんも、どうぞ心してお願いします》

いつにも増して通訳が担う責任は重い。そう言われている気がした。

打ち合わせ室から出ようとした時、「荒井さん」と瑠美が声を掛けてきた。

「お子さんのこと聞きました。遅くなりましたが、おめでとうございます」

「ありがとうございます」

荒井の返事は儀礼的なものだったが、瑠美は、感情のこもった表情で手を動かした。

親指を立てた手と小指を立てた手を左右から寄せ胸の前で付け合わせてから、上に向けた両手の指をすぼめながら下ろす（＝結婚して）。そして左手の指を二本、横に出すとともに、右の手の小指だけを立て、上へ、下へ、と動かしてから、曲げた両腕の拳を握り肘から下げるように同時に下ろした（＝二人の娘さんができて）。最後に、拳を鼻の前に置き、前へ出す（＝良かった）。

その言葉に深く一礼を返して、荒井は部屋を出た。

玄関まで送ってくれた新藤に、さりげなく口にした。

「瑠美さん、ずいぶんと明るくなられましたね」

新藤は「ええ」と肯いた後、少し考える仕草をしてから、「荒井さんだからお話ししますけど」と言った。

「実は、幸子《さちこ》さんがもうすぐ」

幸子さん……？

一瞬、何のことか分からなかった。だがすぐにその意味を理解した。

「……そうですか。それは――それは良かった……」

「ええ、本当に……」

そうか。あれからもうそんなに時が経ったのだ。

自分の犯した罪を償うため、服役していた幸子。長い間、離れ離れになっていた瑠美の姉が、ついに仮釈放される時がきたのだ――。

喜ばしく思ったのと同時に、さっきの彼女の言葉が蘇る。その奥に込められた深い意味が分かった。

〈荒井さんも、ようやく「自分の家族」を持つことができたのですね〉

彼女は、そう言っていたのだ。それは、生まれた瞳美のことだけを言っているのではない。

妻のみゆきはもちろん、瞳美の姉であるもう一人の娘――。

「ごちそうさま」

目の前に座っていた美和が、ふいと立ち上がった。

家族揃って食卓についてまだ三十分も経っていなかった。自分の食器を手に席を離れようとしている美和に向かって、みゆきが眉をひそめて手を動かす。

〈もう食べないの？〉〈ごはん前に何か食べたの〉

美和は黙って首を振る。

〈せっかくつくったのに〉

美和が小さく手を動かした。〈全然食べてないじゃない〉〈おなかいっぱい〉

〈それだけでおなかいっぱいにならないでしょう〉〈瞳美だってこんなに食べてるのに〉

瞳美はご飯粒をぽろぽろ落としながらも、せっせと自分でスプーンを口に運んでいた。

美和がぼそっと呟いた。「瞳美の口には合うんじゃないの」

「ちょっと、何それ」みゆきも手話を忘れ、尖った声を出す。「あなたの口には合わないってこと？」

「そんなこと言ってないけど。ごちそうさまー」

美和は食器をキッチンに運んでいき、そのままダイニングから出ていく。

「ちょっと美和！」

みゆきが声を掛けたが、美和は振り返らず子供部屋に入っていった。

〈どうしたのー？〉

母親の様子を見て、怪訝な顔で瞳美が尋ねる。

〈何でもない〉みゆきは首を振り、〈お姉ちゃんと違って、瞳美はいっぱい食べてえらいねー〉

とその頭を撫でた。

「あんまりそういう言い方はしない方がいいぞ」

荒井は、瞳美に見えないよう、小さく口を動かした。

「そういう言い方って？」

「二人を比べるような」

「そんな言い方してないでしょう」

「そのつもりはなくても、そういう風に聞こえるかもしれない」

「気にしすぎよ」みゆきは唇の端を歪めた。「あの子、もう中二よ。今さら三歳児と張り合ったりしないわよ」

「そうかな」

「面倒くさい時期なのよ。あー、瞳美ちゃんこぼしちゃったねー」

見れば、たくさんすくいすぎたのか、スプーンからあふれたおかずがぼとぼとと食事用エプロンに落ちていた。瞳美はその名の由来である大きな目を見開き、スプーンを持たない方の手をバタバタと動かす。

〈あのね、いっかいおくちにはいったんだけどね、ぴょんってとびだしちゃったの！〉

うんうんと肯きながら瞳美の口を拭いていたみゆきが、

「気になるなら話してきて」

とこちらを見ずに言った。

さりげなさを装っているが、それを求めている気配があった。

「まだ当分あの子、寝ないと思うから」

「……分かった」

荒井は答えて、一度箸をおいた。

みゆきとて、感じていないわけはないのだ。ここのところの美和の様子が、気にならないはずはない。

変化の兆《きざ》しは、彼女が中学に入ったぐらいの頃からあった。以前のような屈託のない明るさが影をひそめ、口数も少なくなった。お得意だった荒井をからかうような冗談を言うことも、最近は全くない。

そういう年ごろなのだろう、と最初は気にしていなかった。思春期ともなればいつまでも無邪気ではいられない。自然なことだ、と。

いや、心底そう思っていたわけではなかった。そう思おうとしていたのだ。

瞳美が「聴こえない子」であることが分かってからここまで、明らかに生活は瞳美を中心に回っていた。だが、そのせいで美和のことをないがしろにしたことなどない。荒井もみゆきも、そう無理にでも思い込みたかったのだ。

だが、ただでさえ刑事というハードな職種に就き、その上聴こえない子の育児に全力を注いでいるみゆきが、ここのところ余裕を失っていることは明らかだった。

「この前、瞳美を園に送る途中にね」

ある日、中々寝ようとしない瞳美をようやく寝かしつけ、自分も風呂に入ろうかと支度をしていたみゆきが、ぽつりと言った。

「道端に、きれいな花が咲いてたのよ」

その時のことを思い出すように、少し目をすがめる。

「野草だと思うけど、きれいなピンク色の花を咲かせていて。思わず立ち止まって、瞳美に『お花きれいね〜』って手話で話し掛けたの」

みゆきはそう言いながら、〈花〉〈きれい〉という風に手を動かした。

「そしたらあの子もその花を見て、目を大きく見開いて」

瞳美の手話を、みゆきが再現した。

〈ピンク！〉〈花びら〉〈いーっぱい！〉

手だけでなく、眉の上げ下げや目の見開き、口元の動きなど、NMM《エヌエムエム》やCL《シーエル》をめいっぱい用い、花の様子を豊かに表現している。その時の瞳美の様子が目に浮かぶようだった。

「そうか、この子はこういう風に表現するんだ、『きれい』なんて曖昧《あいまい》な言葉は使わないんだ、凄いな〜って感心した後にね、ちょっと寂しくもなったの」

みゆきの顔に浮かんでいた笑みが、すっと消えた。

「やっぱりこの子と私は、使う言葉が違うんだって。それは、物の見方や感じ方も違うってことでしょう？　ろうママと子供たちが話しているところなんか見てるとね、私はいくら手話を勉強したって、こんな風に瞳美としゃべれる時はこないんじゃないか、なんて……」

「考えすぎだよ」

やんわりと、否定した。

「手話のうまい下手なんて関係ない。母子《おやこ》なんだから」

「……そうなんだけどね。でもなんか、焦っちゃうのよね……」

みゆきは、弱々しい笑みを浮かべ、「お風呂、入らなきゃ」と立ち上がった。

今の彼女に、他のことを気にかける余裕のないことは、荒井でさえ分かった。荒井の何倍も敏感な心を持つ美和が、感じないわけはない。

自分が、余計な手間をかけさせちゃいけない。

自分は、お姉ちゃんなんだから。

自分は、聴こえるんだから。

荒井やみゆきがそう口にせずとも、美和は自分にそう言い聞かせているに違いなかった。それでも、まだ十三歳の子供だ。たまった鬱屈は、言動の端々に出る。そこでまた自己嫌悪に陥る。その繰り返しで、次第に自分の殻に閉じこもるようになる。

そうさせてはいけない。誰にも心を開かない、よく知る誰かのような子供にさせてはいけない――。

荒井は食事を終えると、子供部屋のドアをノックした。

「何?」

「ちょっといいか?」

「……何」

「ちょっと。開けるぞ」

二秒ほど待ったが、「ダメ」とも言われなかったのでドアを開けた。

美和はベッドの上で半身を起こしてスマホをいじっていた。食事中は禁止というルールだけは守っていたが、それ以外は四六時中手放さない。今もこちらには目を向けず、スマホの画面をスクロールしている。

「今日のおかず、口に合わなかったか？」

「……別に」

「どうしても瞳美に合わせちゃうからな。何か食べたいものがあったら遠慮なく言ってくれ」

「別に食べたいものなんかないよ」

「そうか」

「……それだけ？」

「ああ」

「じゃあちょっと忙しいから」

取りつく島がなかった。だが、これで終わりにするわけにはいかない。

「俺のうちが、俺以外はみんなろう者だったのは知ってるよな」

美和は、ほんの少し眉を上げたが、何も答えなかった。

「両親も、兄貴も、みんな聴こえなくて、家族の中で俺だけが聴こえた。親は、聴こえない兄貴のことばかりに一生懸命で、俺は『聴こえるんだから大丈夫』って放っておかれた。それでいて子供の頃から通訳をさせられた。参ったのは親父が誰かに借金したらしくて、その取り立てみたいな男が家に来た時――」

「だから何？」

美和の冷ややかな声が、荒井の話を遮った。

「何が言いたいの？」

言葉と同じ冷たい視線が、こちらに向けられていた。

「いや」荒井は首を振った。

俺もそういう思いをした。だから今の美和の気持ちが少しは分かる。そう言おうとしていた。だが、本当に分かるわけはないのだ。

声を発する代わりに、荒井は手を動かした。昔から、口で言いにくいことも手話だったら互いに伝え合うことができた。

〈何か言いたいことがあるのは美和の方じゃないのか？　何かあるなら言ってくれ〉

「ないよ」美和はそっけなく答えると、突き放すように続けた。

「瞳美がいないところで、手話はやめてよ」

再びスマホに目を戻した彼女に、それ以上掛ける言葉は思いつかなかった。

翌日は、地域でのコミュニティ通訳があった。仕事を終え、自宅へ向かう乗り換え駅のホームに降りた時、司のことが頭に浮かんだ。先日枝里がメールしてきた「司が入りびたっている」ゲームセンターは、この駅からすぐのところにあるのだ。

今日はみゆきが非番で、瞳美の迎えも夕食の支度もしてくれることになっていた。行くとすれば今日しかない。人の家のことに構っている場合ではない。そんな思いも過ったが、放ってもおけなかった。ホームを離れ、改札へと向かった。

駅を出て、飲み屋やカラオケボックスなどが軒を並べる繁華街を歩く。『アミューズ・ワン』という大きな看板が出ているからすぐに分かる、と聞いていた通り、遠くからでもその横文字のロゴが目に入った。

外はまだ明るかったが、一歩足を踏み入れると昼夜の別を感じさせない空間が広がっていた。ずらりと並んだ画面から発せられる電子的な明かりが、外の世界と隔絶させているようだった。時間のせいかまだ客はそれほど多くなかった。学生風の若者もいたが、仕事途中の会社員といったスーツ姿の男もちらほらいる。店内を端から歩いていると、やがてゲーム機に向かっている司の背中を見つけた。立ち止まってしばらくその後ろ姿を眺める。枝里が言う「変な人たち」の姿は今のところ見えなかった。

近づいたが、ゲームに夢中の司は気づかない。目にも止まらぬ速さでボタンとレバーを操作していた。格闘技ゲームのようだったが、何がどうなっているのか荒井にはさっぱり分からない。凄《すさ》まじい勢いでボタンを連打していた手の動きが、ふいに止んだ。同時に画面に「Win!」という文字が表示される。

向かいのゲーム機から、若い男が立ち上がった。

「強いね」

司に向かって感心したように言う。司は笑みを浮かべて軽く手を挙げた。一人でやっているのかと思っていたが、どうやら「対戦」していたらしい。男は去っていったが、司はまだ続けるようで再び画面に向かった。

前に回り、視界に入るようにした。司が気づいて顔を向けた。

〈よう〉

一瞬驚いたような顔になったが、すぐに表情を消し、レバーをいじる。

〈ゲーム、うまいんだな〉

話し掛けるが、司はこちらを見ない。

〈ちょっと休憩しないか。お茶でも飲もう。それか、飯でも食うか〉

返事はしなかったが、司がのっそり立ち上がった。中学生の頃でも荒井と背丈はほとんど変わらなかったが、さらに身長は伸びている。

〈あっちに自販機があるから〉

ぶっきら棒に言うと、先に立って歩いた。荒井もその後を追う。

入り口にある自動販売機の前で立ち止まり、ポケットを探る司を制して〈俺が払うよ。何を飲む?〉と訊いた。

〈コーラ〉

短く答えるのに肯きを返し、コーラと、自分の分の緑茶を買った。彼にペットボトルを渡し、自分もキャップを開けて口を付ける。司は両手でペットボトルを包むようにして持ち、俯《うつむ》き加減にゆらゆらと体を揺らしていた。

話すことはない、という意思表示なのだろう。荒井は一方的に話し掛けた。

〈大学の件、お母さんから聞いたよ……残念だったな〉

司は俯き加減のまま、何も答えない。

〈いろいろ考えていることもあるんじゃないか？　俺で良ければ聞くから、話してみないか〉

告げてから、昨夜の美和へと同じことを言っていると気づいた。

司は小さくかぶりを振った。その手はコーラを摑んだまま動かない。

〈そんなに専攻科に通うのが嫌ならやめてもいい。いったん就職して資金を貯めてから改めて大学受験する、という手もある。いずれにしても今みたいな中途半端な状態はよくないな〉

それぐらいは親や教師にも言われているのだろう。司は何も反応しなかった。

〈これは、その気があればの話だけど〉

司が以前、警察官になりたかったと聞いた時に思いついたことだった。自分なりに調べてみたのだ。

〈俺は昔、警察の事務職員をしていたんだけど。調べてみたら、警察官とは違ってこっちは聴こえなくても試験は受けられるらしい。一次選考は筆記と作文があって、受付の締め切りは〉

〈関係ないから〉

ふいに、司の手が動いた。

〈おふくろが何を言ったか知らないけど、叔父さんには関係ないから〉

〈しかしこのまま――〉

〈このままじゃないよ〉司が睨《にら》むように荒井のことを見た。〈俺はちゃんと自分で稼《かせ》いで大学に行くから〉

〈……稼ぐ?〉

〈ああ。そうすれば文句ないだろ〉

〈学生がどうやって……まさか、ゲームで?〉

〈違うよ〉司が、馬鹿にしたように笑った。〈叔父さんは知らないだろうけど、稼ぐ方法なんかいろいろあるんだよ〉

そう言った司の目が、店の入り口の方に動いた。ちょうど入ってきた男に向かって、卑屈《ひくつ》にも見える態度で〈こんにちは〉と挨拶をする。

〈おう〉

こちらに気づいた男は、横柄《おうへい》な態度で近づいてきた。派手なTシャツを着て、ジャージにサンダル履き、という恰好だ。

荒井のことを見て、誰だ?という視線を司に送った。司は何でもない、というように首を振り、

〈出ましょう〉

と男を促した。

男は荒井のことをひと睨みしてから、出口に向かった。それに続こうとする司の肩を摑む。

枝里の【変な人たちとも付き合っているようで心配で】というメールを思い出していた。

〈稼ぐ方法って何だ。お前、何か変なバイトでも――〉

〈関係ないだろ！〉

荒井の手を乱暴に振り払うと、司は男の後を追った。

歩きながら、男が手話で〈なんだあいつは？〉と訊くのに〈なんでもありません、すみません〉司がへつらうように答えている。

その後を追おうとして、これ以上何か言っても反発するだけだろう、と思いとどまった。何が〈話を聞くことぐらいしかできない〉だ。

自分の無力さを痛いほど感じながら、去っていく司の後ろ姿をただ見送るしかなかった。

秋山弥生が出廷する裁判の期日がきた。

今日は「証拠調べ」として、証人尋問・本人尋問が行われる。東京地裁の小法廷に、荒井は片貝たちとともに入った。大きな事件ではないので傍聴席にも人はまばらだ。

刑事裁判と違って弁護側対検察側、という構図ではないが、同じ位置関係で原告側と被告側に分かれて座る。片貝には専属の通訳者がついていた。荒井の席も、弥生の通訳人として彼女の向かいに用意されている。

裁判長が事件の呼び上げをした後、当事者及び代理人の出欠を確認した。そして、証人尋問へと移る。

まずは被告側の証人として、総務課長という肩書の男性が証人台に立った。裁判長が人定質問をし、証人が宣誓書の朗読をしてから、被告側弁護士による主尋問が始まった。

「原告の待遇についてお訊きします。訴状には、入社時に約束したはずの昇進や昇格がなされなかったとありますが、昇給もなかったのでしょうか」

「いいえ」スーツを着た四十代ほどに見える総務課長は、落ち着いた口調で答えた。「年数による一定額の昇給はありました」

荒井は、それらの質問も答えも、手話にして弥生によく見えるよう伝えていく。

「同期の人は、一律同じ額ですか？」

「最初の一年は同じですが、二年目以降は人事評価によって多少異なります」

「具体的には？」

「査定、つまり実績や能力の評価、資格の有無などによって、同じ年の入社でも差が出ます」

「原告は、同期入社の他の社員と比べ賃金が低いということですが、それは事実ですか？」

「はい、事実です」

「それは、どんな理由によるものですか？」

「他の社員に比べ、原告の人事評価が低かった、ということです」

「昇進や昇格がなかったことについても、同じ理由ですか？」

「そうです」

その言葉を伝える荒井の手話を、弥生はじっと見つめている。

「訴状には、原告について約束していた筆談や手話通訳などの配慮がなされなかったとありますが、それは事実ですか？」

「事実ではありません。それらの配慮は行っていました」

「具体的にお訊きします。手話通訳についてはどのように配慮していましたか？」

「社内に手話のできる社員がいたので、朝礼や会議などの席ではその社員を隣に配置し、通訳してもらうようにしました」

「筆談についてはどのように配慮していましたか？」

「すべての社員に、原告が会話の最中に分からないことがあった場合には紙に書いて伝えるよう指示していました」

「それは実際に行われていましたか？」

「私が把握したところでは行われていたと思います」

「訴状では他に」弁護士が続けた。「昇進や昇格に必要なセミナーや研修に参加させてもらえなかった、とありますが、そういった事実はありますか」

「参加をさせなかった、という事実はありません」総務課長はそこで一つ咳払いをした。「参加しなかったのは、原告の意思です」

荒井がその言葉を通訳すると、弥生の表情が僅かに動いた。

「分かりました。原告は、今述べたような事柄に対する不満を会社に訴えたが、聞き入れられなかった、と陳述していますが、そういった事実はありますか」

「原告からの訴えは確かにありました」

「どういうものですか」

「会議でみなの言っていることが分からないので、音声認識アプリを導入してもらいたい、ということでした」

「それについては導入したのですか」

「いえ、検討はしたのですが……調べたところ、導入のためのライセンス料などかなりの初期費用が生じることが分かり、一人の社員のためにそれだけのコストをかけるのは難しい、ということになりました。先ほど述べたように手話通訳は用意していましたし、筆談の配慮もしていたので」

「ほかには？」

「セミナーや研修に参加する際、手話通訳をつけてほしい旨、要求がありました」

「それについてはどう対応されましたか？」

「会議や朝礼であればともかく、セミナーや研修は個人的な参加ですので、そういうものに常時他の社員を同席させることは難しいと……検討はしましたが、認められませんでした」

「本人が手話通訳を連れてくる、といった場合はどうなりますか？」

「それは本人の自由です」

「そのことは原告には伝えましたか？」

「伝えました」

「その結果、どうなりましたか？」

「本人から、それならセミナーには参加しない、という返答がありました」

「分かりました。次に配置換えについてですが、訴状には、原告が反抗的な態度をとったための報復的な人事だったとありますが、そういう事実はありましたか？」

「ありません。本人の適性を考えた上での異動です」

「本人の適性、というのは？」

「それまでの部署では、仕事上のミスが目立ち、また指示したことを実行しない、ということが続いたので、仕事内容が向いていないのだと考え、違う部署に異動させました」

「質問は以上です」

裁判長が原告側の席に顔を向けた。「それでは反対尋問をどうぞ」

片貝が立ち上がった。

《証人にお訊きします》その手がおもむろに動く。《原告の人事評価が低かったということですが、マイナス査定の要因としてはどういうことがありましたか？》

片貝専属の通訳が、それを音声日本語にして、裁判長や被告側に向かって伝えた。それを聞いて証人が答える。証人の言葉は、荒井が手話にして弥生にも伝える。

「先ほども言いましたが、仕事上のミスが目立ち、また指示したことに従わないことが多かった、ということです」

片貝が質問を続ける。

《そのミスや、指示に従わなかったという点について、どういうことがあったか具体的に教えてください》

「そうですね、例えば……」総務課長は少し考えてから、口を開いた。「書類のコピーに関して、ある時からそれまでの片面コピーから両面コピーをするよう決まったのですが、彼女だけそれに従わずに、ずっと片面コピーをしていた、といったことがありました。他にも会議やミーティングで決まったことに原告だけ従わない、ということが何度もありました」

弥生が、小さくため息をついたのが分かった。

片貝が質問を重ねる。

《コピーの仕方が変わったことについては、原告に直接伝えたのですか？　あるいは、書面にして配った？》

「それについては、朝礼の際に、全員に向けて出した指示です。原告も参加していました。原告以外の社員は、みなその指示に従っていましたが、原告だけ従いませんでした」

《その指示をした朝礼の時には、手話通訳はついていましたか？》

「ええと……」総務課長は少し慌てたように答えた。「それはちょっと覚えていません……」

《会議やミーティングには手話通訳はついていましたか？》

「最初はつけていましたが、途中から原告の方から必要ない、という申し出があったもので……ただ、つけていなかったとしても、内容はメモにして渡していると思います」

《当初、手話ができる社員を通訳として配置したというお話ですが、その方は手話通訳士の資格、あるいは地域の登録手話通訳者の資格を持っていますか？》
「……いえ、持っていません」
《そのことは、配置した時点でご存じでしたか？》
「いえ……その時はそういう資格についてはよく知らなかったもので……」
《では、何をもってしてその社員が「手話ができる」と判断されたのですか？》
「それは自己申告というか……本人が『手話ができる』というものですから……」
《その方の手話学習歴についてはお聞きになりましたか？》
「はい、地域の手話サークルに五年も通っていたということです」
《その手話サークルに、原告のような「先天性の失聴者」はいましたか？》
総務課長は、そこで少し言いよどんだ。
「……今回の件があって確認したところ、サークルには『先天性の失聴者』はいなかった、ということです」
《聴こえる人たちだけで集まっていたサークル、ということですね？》
「……そのようです」
《自治体には手話通訳の派遣制度というものがあり、実費負担をすれば会社のセミナーや研修でも正式な資格を持った手話通訳者を派遣してくれる、というのはご存じでしたか？》
総務課長は、再び答えに詰まった。

「知ってはいましたが……セミナーはあくまで自由参加ですので、高額な手話通訳費を会社で負担するというのは、やはり……」

《一般的な通訳費用体系を証拠として提出します》

片貝は、都の手話通訳士派遣センターの派遣事業内容と通訳費用体系を記した書類を提出した。セミナーや研修は何日も行われる。確かに個人で頼むには大きな負担額となる。そのことを強調してから、片貝は質問を変えた。

《被告の会社では、過去に障害者を雇用した経験はありますか》

「はい、あります」

《障害の種類はどのようなものですか》

「軽度の知的障害をもつ方、それに、やはり軽度の身体障害者の方です」

《聴覚に障害のある人を採用したのは今回が初めてということですが、なぜ今回、聴覚障害者を雇用しようと考えたのですか》

「企業の社会的責任なども鑑《かんが》み、そういう方を雇用することも当社として必要ではないかと思ったということと……今まで採用した方には主に軽作業を担っていただいたので、今回はコンピュータ作業なども頼める方がいい、ということで、そういったスキルのある聴覚障害者の採用を考えました」

《過去に身体障害者の雇用をしたことがある、ということですが、その際バリアフリー化など、ハード面での設備改善はしましたか》

「いえ、車椅子を使用するほど重度な方はいなかったので……」
《今回原告を採用するにあたって、設備を改善したことはありませんでしたか？》
「今回ですか？」証人は眉をひそめた。「いえ、特にそういう必要はありませんでしたから」
《手話通訳は社内の方に頼み、音声認識アプリの導入はしなかったということですが、それでは原告を雇用するにあたり、特に費用がかかった、ということはないわけですね？》
「はい、そうですが……」
《つまり、コンピュータのスキルもあり、コストもかからない、いわば「便利な障害者」ということで今回原告を雇用した、ということではありませんか？》
「そんなことはありません！」
《質問は以上です》
まだ何か言いた気な表情の総務課長だったが、渋々と証言台から降りた。退廷するまで、弥生のことは一瞥《いちべつ》もしなかった。
続いて、弥生と同じ課の、二年上の先輩という女性社員が出廷した。裁判に出るなど初めての経験なのだろう。緊張した面持ちで証言台に立った。宣誓する声も震えている。
被告側の弁護士からの主尋問が始まった。
「原告とのコミュニケーション方法についてお訊きします。先ほど、原告と会話する際には紙に書いて伝えるよう指示があったということですが、その通り行っていましたか？」
「はい」答えてから、声が小さかったと思ったのか、もう一度「はい」と大きな声で言い直した。

「行っていました。でも、いつも、ということではありませんでしたけど」

荒井はこれらのやり取りも、手話にして弥生に伝える。

「筆談を行わない時もあった、ということですね。それはどういう時ですか?」

「はい、あの、筆談の必要がない時です。つまり、書かなくても秋山さん」そう口にしてから、言い直す。「原告が理解できている時には、わざわざ書く必要もないだろう、ということで」

「原告は、声を出して伝えても理解できる時があった、ということですか?」

「そうです」少しずつ落ち着いてきたようで、声の震えも収まっていた。「難しい言葉、専門用語などは無理なようでしたが、簡単な会話でしたら普通にできていました。彼女の方も少しはしゃべれましたし……」

弥生が悔しそうに俯いたのが、荒井には分かった。

「原告が必要とした時には筆談を行い、必要ない場合には行わなかった、ということですか?」

「そうです」

「訴状には、原告が不満を訴えた結果、周囲の態度が冷たくなり、仲間はずれにされたりした、とありますが、そういう事実はありますか?」

「えーと、彼女が不満を訴えていたということは知りませんでしたので、それを理由に態度を変える、ということはありませんでした。ただ……」

「ただ、なんでしょう」

「彼女に協調性に欠ける面があったのは事実だと思います。彼女の方から皆の輪に入ってこなかったというか……」

「例えば、どういうことですか？」

「例えば……同じ部署の女性社員たちは、お昼休みに一緒にランチに行くことが多かったんですけど、彼女は、最初の一、二回参加しただけで次からは誘っても来なくなりました。親睦《しんぼく》を深めるための飲み会にも最初の一回出ただけで、それ以降は参加したことがありません」

弥生の顔が曇った。何か言いたいように、小さく首を振る。

「他にもそういうことがありましたか？」

「はい、他にも……社員が結婚したり、他の事情で退職することがあるんですけど、そういう時にはお別れのメッセージを同じ部署のみなで寄せ書きしたり、共同でお祝いの品を送ったりするのですが、それにも参加しませんでした」

「分かりました。質問は以上です」

女性は、ホッとした表情になった。だが、「反対尋問をどうぞ」という裁判長の声に、再び緊張した面持ちになる。

片貝の反対尋問が始まった。

《原告をランチや飲み会に誘っても参加しなかった、ということですが、その際、手話通訳は同席していましたか？》

「ランチや飲み会にですか?」女性は少し驚いた顔になった。「いえ、同席していませんが……」

《では筆談で会話をしていた?》

「いえ……」女性はさらに困惑顔になる。「ランチや飲み会は業務外の席ですから……さっきも言ったように、原告も多少は口で言っても分かるようでしたし……」

《社員が退職したり結婚したりした時に、お別れやお祝いのメッセージをみんなで書いていた、ということですが、それについて原告に文書にして教えた、あるいは直接面と向かって伝えたことはありますか?》

「いえ直接には……」女性の声が小さくなった。「結婚や退職については、普通に会社に来ていれば分かることだと思って……」

《つまり、文書にもしていない、直接にも伝えていない、ということですね?》

「……はい、そうです」

《それで、なぜ原告には伝わっている、と思ったのでしょうか》

「それは、暗黙の了解と言うか……」最後の方は消え入るような声になった。

《質問は以上です》

女性は大きく息を吐き、証言台から降りた。退廷する時、気まずそうな顔で弥生の方を見たのが分かった。弥生の顔には哀しみの表情が浮かんでいた。

これで証人尋問は終わり、続いて本人尋問に移る。いよいよ秋山弥生が証言台に立つ時がきた。荒井は、裁判長の許可を得て、証言台から見えやすい位置に移動した。

「原告は前へ」

裁判長の言葉を手話にして伝えたが、弥生は俯いたまま立ち上がらない。

「どうしましたか？　原告は証言台へ」

荒井は再びその言葉を手話で伝える。

顔を上げた弥生が荒井を見た。唇を嚙《か》みしめ、小さく首を振る。これ以上何を言っても無駄、そう言っているように見えた。

「私の言葉は伝わっていますか？」裁判長がじれたような声を出した。

まずい、このままでは――。その時、傍聴席のドアが開いた。

傍聴人が入ってきた。一人、いや、二人、三人……。

次々と傍聴人が入ってくる。席を探しながら、彼らの手がさりげなく動いているのが見えた。ろう者たちだ。その中に、瑠美の姿があった。荒井と目が合うと、彼女は小さく肯いた。

狭い傍聴席は、瞬《また》く間にろう者でいっぱいになった。傍聴人の中に知った顔を見つけたのか、弥生の顔に安堵の色が浮かんだ。

弥生が立ち上がった。ゆっくりと証言台へと向かう。

何人かの傍聴人が、〈がんばれ〉と手話で言っていた。小さな動きなので裁判長は気づかないようだった。

《証人にお尋ねします》

まずは片貝の方から、主尋問が行われる。
《会社側は手話ができる社員を配置したと述べていますが、実際にその社員の方の通訳は理解できましたか》
〈いいえ〉弥生はきっぱりと否定した。
〈手話通訳とされたその社員の手話がよく分からず、こちらの手話も理解しているようには思えませんでした〉
《あなたの方から「もう手話通訳はいらない」と言ったということですが、それはどうしてですか》
〈今言ったように、正確な手話通訳がされていなかったからです〉
弥生の表情は、落ち着いていた。
〈かえって分かりにくく、これなら筆談の方がまだ分かると思い、そう言いました〉
《その筆談ですが、実際に対応は行われていましたか》
〈最初の方は少し……〉
《筆談専用の用紙や、ボードなどのような物は使用されていたのでしょうか。例えばこういうものを使えば比較的容易に筆談は可能ですが……〉
片貝はそこで、タッチペンで書いてすぐ消せる市販の筆談ボードを証拠として提出した。
〈いいえ、そういったものは使われず、大体はその時手近にあった紙の裏などに書く、という方法で行われていました。紙がなければ、私が常時携帯しているメモ帳があったので、それを使

いました〉
《最初の方は少し行われていた、ということですが、次第にそれすら行われなくなったということでしょうか》
〈はい。私は少し口話もできるので、筆談でなくても通じると思われたみたいで……忙しい時などは特に。書いている暇はないということで、ほとんどが口話になってしまいました〉
《それらの会話は、理解できていたのですか？》
〈いえ、本当に簡単なことだけ。口話ができると言っても、面と向かってゆっくりしゃべってもらえれば少しは分かる、という程度で……会議や朝礼など、複数の人がバラバラに発言するような場では、何を言っているか全然分かりませんでした。マスクをしていたり、背中を向けている人、横を向いている人の言葉も全く分かりませんでした〉
《質問を変えます》片貝が続けた。
《会議やミーティングの内容はメモで渡しているということでしたが、そういうことは行われていましたか？》
〈議事録的なメモは渡されていましたが、箇条書きで詳しい内容は分かりませんでした。それに、メモから漏れていることもたくさんありました〉
《先ほど、紙の両面を使ってコピーするというような決まりをあなたが守らなかった、という陳述がありましたが、あなたはこの指示を知っていましたか？》
〈いえ、知りませんでした〉

《朝礼の際に指示したということですが、その時認識はしていませんか》
〈先ほど言ったように、朝礼で言われたことはほとんど分かりませんでした〉
《では、その決まりを知ったのはいつですか》
〈何で決まりを守らないんだと叱責された時です〉
傍聴席がざわついた。
声を発していないので裁判長たちは気づいていないようだが、荒井には、傍聴席のろう者たちも何か言葉を交わしているのが分かった。
《質問を変えます。先ほど、あなたがランチや飲み会に誘っても来なかった、という証言がありましたが、それは事実ですか？》
〈はい、一回か二回は行ったのですが、次からは誘われても行かなくなりました〉
《それはなぜですか？》
〈みんなの会話が分からなかったからです。お店など大勢がいる場所では、補聴器をしている・と音が割れたり雑音ばかりが大きくなるのでつけません。みんなが何を話しているかほとんど分からなかったし、私の言うことも伝わっていなかったでしょう。私は、みんなの会話を、「聞いている振り」をしているしかありませんでした……正直言って、その時間がとても苦痛でした〉
《もう一つ、あなたが、退職する同僚に対するお別れやお祝いメッセージに参加しなかったということですが、それは事実ですか》

〈参加しなかったというか、そもそも、そんなメッセージをみんなで書く、ということを知らなかったんです。その同僚が結婚して退職することさえ、退職の当日に挨拶に来られて初めて知ったぐらいで……そういうことは一度や二度ではありませんでした〉

《もう一度確認します》

片貝は、そう言って続けた。

《手話通訳としてついた人の手話は分からず、筆談も途中からはしてくれなくなった。会議や朝礼など一対一ではない場で言われたことは、ほとんど分からなかった。細かい仕事手順の変更も、同僚が結婚したり退職したりすることも、あなたはそれを指摘されるまで知らなかった、そういうことですね》

〈はい〉

《質問は以上です》

片貝が、そう言って席に戻った。

「反対尋問はありますか?」

裁判長の問いに、被告側の弁護士が立ち上がった。戸惑ったような表情を浮かべながら、それでも反対尋問を始めた。

「原告の聴力は、九〇デシベルということですが……。これは、どのくらいの声でしたら聴こえるのでしょうか。例えば、今私が話している内容は分かりますか?」

荒井が通訳する手話を見て、弥生は首を振った。

〈すみません、今は通訳のことばかり見ていて、弁護士さんの口の動きは見ていなかったので……何を言われたのかは全く分かりません。皆さんの声は全く聴こえていません〉

荒井がそれを音声日本語にするのを聞いて、弁護士は「なるほど」と肯いた。

「それでも、会社では、社員の方が声でしゃべるのを拒否せず、あなたも時には声でしゃべっていたこともあった。そういうことですよね？」

〈はい〉

「つまり、あなたは『聴こえる振り』『しゃべれる振り』をしていた。それによって、社員はあなたが『聴こえる』『しゃべれる』と思ってしまった。筆談や手話通訳は必要ないと思ってしまった。そうではありませんか？」

荒井の手話を見て、弥生の表情は沈んだ。

〈そうかもしれません。……ただ〉

いったん俯いたが、弥生はすぐに顔を上げ、続けた。

〈「聴こえる振りをした」「しゃべれる振りをした」わけではありません。私は、精一杯聴こえる人たちに歩み寄ろうとしたんです。少しでも負担をかけないように、少しでも迷惑にならないように。何とか口を読み取ろうと。何とか声を出して伝えようと。私はそうやって、一生懸命歩み寄ろうとした。でも、聴こえる人たちは、あなたたちは、少しも歩み寄ろうとしてくれなかった――〉

荒井が通訳する言葉を聞いて、傍聴席に戻っていた女性社員が下を向くのが分かった。総務課長も苦渋の表情を浮かべている。

「それ以上のことは結構です」弁護士が咎《とが》めるように言った。「質問は以上です」

しかし、弥生は言葉を続けた。

〈最後に、もう一つだけ言いたいことがあります〉

荒井はそのまま、音声日本語にした。

「最後に、もう一つだけ言いたいことがあります」

弥生は手を動かし続けている。荒井は、その言葉を音声日本語にした。

「配置換えされてからは、与えられた資料をただパソコンで入力するだけの毎日です。一日中一人ぼっちで、誰も話し掛けてくれない。みんなが楽しそうに笑って話しているのも、何も聴こえない。私のことなんか、誰にも見えないような気さえしました。私は——」

「裁判長」弁護士が慌てて言う。「不規則発言です。通訳を止めてください」

裁判長が荒井の方を向く。

「原告は、質問されたことのみに答えるよう伝えてください」

荒井は、裁判長に向かって言った。

「伝えますが、まだ通訳の途中です。原告の発言をそのまま伝えるのが通訳人としての私の役目です。残りの部分を続けてよろしいでしょうか」

裁判長は、少し考えるような仕草をしたが、荒井に向かって言った。

「続けてください」

荒井は続けた。最後の弥生の言葉を、法廷に向かって伝えた。

「私は、自分が透明人間になってしまったような気がしました。毎日毎日会社に行っているのに、誰も気づいてくれない。仕事をしているのに。私はここにいるのに。私はここにいるのに……」

傍聴席のろう者たちの手と顔が動くのが見えた。

やや前のめりになり、両手の人差し指と親指を二度ほど付け合わせてから、自分のことを指さす（＝私も同じだ）。

一人、また一人……まるでさざ波のように、その動きが傍聴席に広がっていく。

〈同じだ〉

〈私も同じだ〉

〈私も同じ！〉

ようやく裁判長もそれらの動きが「言葉」だと気づいたのか、傍聴席に向かって言った。

「傍聴人、私語は慎んでください」

しかしその注意喚起は、彼らには聴こえない。

〈同じだ〉

〈私も同じだ〉

〈私も同じ！〉

〈私が見えないのか〉

〈私はここにいる〉
〈私もここにいる！〉
〈ここにいるぞ！〉
「静粛に！　止めないと退廷を命じますよ。静粛に！」
裁判長の言葉は、彼らには届かない。
ろう者たちの声にならない叫びは、いつまでも法廷に響き続けていた――。

弁論は終結した。判決を前に、裁判長から再度の和解勧告があり、協議の上、原告・被告共にそれを受け入れた。結果を伝える記事が、全国紙の片隅に掲載された。

「障害に配慮を」聴覚障害者の従業員の声、届く

都内に住む重い聴覚障害者の女性（28）が、障害への配慮がなく昇格の機会が奪われたとして、勤務先の会社に約200万円の損害賠償を求めた訴訟は、会社が普段から意思疎通を保つことなどを条件に、東京地裁（田島峰夫裁判長）で和解が成立したことが8日、分かった。
コミュニケーションが難しいケースもあり、職場で孤立しがちな聴覚障害者が働きやすいよう企業に努力を求める内容で、和解の条件は、
（1）平等な昇格の機会を保障するために普段から意思疎通を保ち、具体的な指導や助言

をする
（2）働きやすい職場へ異動
（3）会議や研修では手話通訳者を用意するなど情報保障に努める
（4）会社が解決金80万円を女性に支払う
というものだった。


【すみません、少し遅れます。場所は分かるので先に行っていてください】

携帯に届いたメールを見て、荒井は駅を出た。二人の男と待ち合わせをして同行してもらうことになっていたのだが、遅れるというので一人、目的の場所へと向かった。

中に入って探すまでもなく、ゲームセンターの入り口でたむろしている男たちの中に、司の姿を見つけた。いつかの派手なTシャツの男もいる。近づいていく荒井に気づき、男が目を剝《む》いた。しゃがみこんでコーラを飲んでいた司も、こちらを見て立ち上がる。

〈また来たのかオッサン〉くわえタバコのTシャツの男が、荒井に向かって手を動かす。

〈こいつの叔父貴だって？　いい年してそんなにゲームが好きなのか？〉

他の男たちも、荒井を囲んでせせら笑う。司は気まずい顔で目をそらした。

〈司、帰るぞ〉

男たちのことは無視して、司の方へ向かって手を動かした。

〈帰らねえよ〉男が威嚇《いかく》するように言う。

〈お前が帰れ、オッサン〉

荒井は構わず司に向かって語り続けた。

〈お前の進路について、ある人に相談した。力になってくれるそうだ。進学資金を稼ぎたいなら方法もある。とにかく一度、話をしに行こう〉

〈話すことなんかねえって言ってるだろ！〉

荒井に向かって凄んだ男の顔が、突然、ギョッとしたように固まった。

その視線を追って振り返ると、荒井の後ろに見知った男が二人、にこやかな笑みを浮かべて立っていた。

〈お久しぶりです、遅れてすみません〉

スーツ姿の男――深見《ふかみ》慎也《しんや》の方は以前の印象と変わらなかったが、もう一人――久しぶりに会う新開浩二は、すっかり様変《さまが》わりしていた。仕事着だろうか、あちこちに染みの付いたツナギの上下が様になっていた。長めの髪を後ろに撫でつけた髪型や筋肉質の体形はそのままなのだが、あの頃のすさんでいた表情はもうどこにもない。

〈お久しぶりです、わざわざすみません〉

荒井が挨拶するのに〈その節はどうも〉と軽く答えてから、新開が司の方に目を向ける。

〈そっちが噂の甥《おい》っ子くんですね〉

それまで荒井を威圧するように取り囲んでいた男たちが、全員直立不動の姿勢になっていた。みな、驚きと恐れが入り混じった表情で新開のことを見つめている。

〈あれ？　なんか見た顔が揃ってるな〉

新開が、初めて気づいたように男たちの方に目をやった。

〈ご無沙汰しています！〉

Ｔシャツの男が頭を下げるのに倣《なら》い、他の男たちも頭を低くした。

新開は彼らのことを順繰りに眺めていきながら、

〈お前ら、俺の知り合いの甥っ子くんに、なんか悪さ仕掛けてるんじゃないだろうな〉

と言った。

〈いえ、そんなことありません！〉

Ｔシャツの男が、ひきつった顔で首を振る。

〈新開さんのお知り合いだとは知りませんでした！　本当です！〉

〈そかそか〉肯いた後、新開の顔つきが一転、鋭いものになった。

〈じゃあ知ったからには、今後一切、この子には近づかないよな〉

〈はい、近づきません！〉男が即答する。

〈誓《ちか》えるな〉

〈誓います！〉

〈じゃあ行ってよし！〉

〈失礼します！〉

ぺこぺことお辞儀をしながら、男たちは逃げるように去っていった。深見が荒井と顔を見合わせ、苦笑する。

目を丸くしてその光景を見ていた司に、新開は再び穏やかな表情を向けた。

〈あいつらにいいバイトがあるとか言われてただろ？　荷物を運ぶだけの簡単な仕事だとか〉

〈は、はい〉司が慌てて肯く。

〈実際にはまだやってないよな？〉

〈はい〉

〈じゃあ良かった〉

新開は荒井のことを振り返った。

〈あいつらはともかく、上にはもっと悪いのがいますからね。たぶん振り込め詐欺の「受け子」でもやらせるつもりだったんでしょう〉

新開は何でもないように言うが、振り込め詐欺は悪質な犯罪だ。未成年とはいえ、そんなことに加担したら大変なことになる。

〈危ないところでしたね〉深見が安堵したように言った。

〈あいつらも、聴者の半グレにいいように使われてるんです〉新開の顔には、憐《あわれ》みの表情が浮かんでいた。〈いい加減、目を覚まさなきゃいけないのに、馬鹿な奴らです……〉

再び司の方を向いて、くぎを刺した。

〈とにかく、あんな奴らに二度と近づくなよ！〉

〈は、はい……〉

司は、新開の迫力にすっかり飲まれていた。

〈じゃあ行くぞ〉

新開が司の肩に手を回し、グイっと引き寄せる。

〈え、行くって、どこへ……〉

司が助けを求めるように視線を送ってきた。荒井は答えた。

〈こちらが、さっき話をしかけた、進路について相談に乗ってくれる方だ。深見さんとおっしゃる。そちらは、同じ会社の新開さんだ〉

〈深見です。よろしくお願いします〉

深見は、司に向かって丁寧に挨拶をした。以前会った時には大手の自動車会社に勤務していた深見だったが、今はその子会社である自動車整備会社の幹部社員になっていた。

刑期を勤めあげ出所した新開も、そこで働いている。弥生の裁判が終わった後、フェロウシップの片貝からそう教えてもらった時、荒井は司の件で彼らの力を借りられないかと思いついたのだった。枝里にもすでに話はしてあった。

〈叔父さんから話は聞いています〉

深見が司に向かってにこやかに言った。

〈これから、うちの会社に見学に来ませんか。うちはろう者の社員も多いですし、他の従業員も手話を使える人が多いですから。コミュニケーションに問題はありません〉

深見の会社は、いわゆる「特例子会社」――障害者の雇用に特別な配慮をするなど一定の要件を満たした上で、親会社の一事業所と見なされる――だった。他の障害をもつ者ももちろんいるが、特に聴覚障害者が多いという。

新開が言った。

〈働きながら夜間の大学に通ってる奴もいるから。お前もそうすればいい。とりあえず見学に来い！〉

〈そんなこと急に言われても……〉

司が、困惑した顔をこちらに向ける。

〈無理にそこに就職しろと言っているわけじゃない。奨学金やインターンシップ制度もあるらしい。とりあえず話を聞いてみないか〉

〈ええ〉深見が肯いた。〈学校の方には話を通しますから、試しにインターンシップを利用して夏休みに働いてみるのもいいですし。卒業した後でも仕事をしながら大学の夜間部に通う、進学資金を貯めてから改めて大学受験をする、いろんな選択肢がありますから〉

司の表情に、変化が見えた。深見の話に心を動かされたようだった。

〈もし整備士の仕事がしたけりゃ俺が教えてやるからな〉新開が、司の肩に回した腕に力をこめる。〈若いうちは何でもチャレンジしてみるのがいい。ほら、行くぞ！〉

〈分かりました、行きますよ、行きますから……〉

司も、抵抗するだけ無駄と悟ったようだった。

〈では、荒井さんとはここで〉深見がこちらを向いた。〈娘さんのお迎えがあるんですよね〉

〈そうなんですが……〉司の方を見る。〈一人で大丈夫か？〉

〈……うん〉観念したのか、司は素直に肯いた。〈話を聞いてくればいいんでしょ。でも俺、整備士なんかになる気はないからね〉

〈何だお前、整備士を馬鹿にしてんのか！〉

今度はヘッドロックをかまそうとする新開から、司が逃げる。

〈痛いから、マジで、やめてください……〉

〈じゃあ甥御さんを少しお借りします〉

深見が言うのに、荒井は頭を下げた。

〈どうぞよろしくお願いします〉

〈任せてくださいよ！〉

新開は頼もし気に応えると、再び司の肩を引き寄せ、歩き出した。

彼らにならば、と荒井は思う。司も心を開いて接することができるだろう。

同じろう者だから、というわけではない。傷つけられた経験だけでなく、人を傷つけてしまった痛みも知る新開にであれば、きっと司も自分の胸の内を打ち明けられるに違いない。

そういう相手がいれば、自分でなくともいいのだ。

荒井の脳裏には、美和の姿が浮かんでいた。

彼女にもいるのだろうか、そういう相手が。

たとえスマホの中でもいい。いてほしいと、切に思った——。

玄関の周りには、いつものように迎えの親たちがかたまっていた。ろう者・聴者の別なく、手話でおしゃべりを楽しんでいる。みなと挨拶を交わした荒井は、少し離れたところに立って降園時間がくるのを待った。

祖母らしき年配の女性の姿はあるが、男親は荒井だけだった。こんな光景がいつかもあったな、と思い出す。学童クラブまで毎日美和のことを迎えに通っていた頃のこと。

ほんの数年前なのに、大昔のことのように思えた。あんなに身近にいた美和が、今は遠く感じられる。

やがて授業が終わったらしく、一人、また一人と、子供たちが教室から飛び出してきた。自分の親たちのもとへ駆け付け、息つく間もなく手を、顔を動かし始める。

いつかの洋輔くんとお母さんもその中にいた。凄いスピードで手と表情を動かす洋輔くんに、お母さんもうんうんと肯きながら手話で応えている。

彼女もまた、あるいはみゆきと同じような心配事を抱えているのかもしれない。だが今、楽しそうに我が子と語らっている姿からは、そんな不安はみじんも窺《うかが》えなかった。

子供たちは生き生きと語り続け、親たちはそれを嬉しそうに見守っている。

しかし、この子たちもいつかは――。

進学し、そして社会に出ていく。司のようにままならぬ現実を目の当たりにしたり、弥生のように辛い体験をしたりすることがあるのかもしれない。

本当にこれで、良かったのだろうか。

ほんの一瞬だけ、その思いが頭を過った。

ほんの僅かでも聴者の世界に近づけた方が、楽な生き方ができるのではないか。

だが、すぐにその考えを打ち消した。裁判の時の弥生の言葉が蘇る。

〈私はそうやって、一生懸命歩み寄ろうとした。でも、聴こえる人たちは、あなたたちは、少しも歩み寄ろうとしてくれなかった――〉

それは、やはりおかしい。

聴こえる者も聴こえない者も。障害を抱える者もそうでないものも。互いが歩み寄り、支え合う。

この子たちが大人になった頃には、そんな世の中になっていなければいけないのだ。

みなから少し遅れ、瞳美が飛んできた。

〈みて！〉

手にした画用紙を差し出してくる。今日も絵を描いていたらしい。いつかは顔だけだった三人の人物に、今は胴体や手足も描かれていた。

〈へえ、上手だな。これがお父さんで、こっちがお母さんで、こっちがお姉ちゃんだな〉

相変わらず区別はついていなかったが、この前洋輔くんに教わったのを思い出してアタリをつけた。

〈そう、かぞく！〉

〈あれ、でも瞳美がいないぞ〉

描かれているのは三人で、瞳美の姿がなかった。

〈家族だったら瞳美もいた方がいいんじゃないか?〉

〈だってあたしはみてるんだもん!　いなくていいの!〉

その答えに、改めて絵に目をやった。

そうか、これが、瞳美が見た、自分たちの家族の姿か――。

男女の区別もつかない稚拙《ちせつ》な絵だったが、三つの顔の真ん中に描かれた口が、大きく開いていた。

みんなが幸せそうに笑っていることだけは、はっきりと分かった。

エピローグ

その町に住んでいる、ということは知ってはいた。だから市役所でのコミュニティ通訳を終え、帰途につこうとした時にも、頭の隅にそのことはあったはずだった。

それでも、初めは全く彼だと気づかなかった。

駅へと向かう道の反対側から、制服姿の中学生ぐらいの少年が三人、楽しそうに話をしながら歩いてくるところだった。視界に入った時、三人のうち端っこで遠慮がちな笑みを浮かべていた男の子と、目が合った。少年がハッとしたように立ち止まった。荒井も足を止めたが、見覚えはない。その荒井の反応を見て、向こうの顔に落胆が浮かんだ。だがすぐに気を取り直したように、ゆっくりとその手が動いた。

〈お久しぶりです〉

彼が、そう言っていた。

彼の、いや彼の手話《ことば》を凝視した。懐かしい、その動きだった。荒井も言葉を返した。

〈久しぶり、元気そうだね〉

彼が友達に何か声を掛け、道を渡ってくる。友人たちは怪訝《けげん》そうな表情を浮かべたものの、再び会話に戻りそのまま歩いていく。ああ、彼は友人たちと「声」を交わせるようになったのだ。

漆原英知《うるしばらえいち》――。会うのは六年ぶりだろうか。

〈見違えたよ。全然分からなかった〉

近くまで来た英知に、そう言った。英知ははにかんだような笑みを浮かべ、

〈荒井さんは全然変わりませんね〉

と答えた。

大人びた口調という言い方があるように、彼の手話もまた、あの頃よりずっと成熟したものになっていた。今でもろう者と接する機会があるのだろうか。少なくとも、誰かと手話での会話を続けてきたのは間違いない。それが、嬉しかった。

〈家はこの近くだったね〉

あの事件があった翌年に、英知たち母子《おやこ》は引っ越したのだった。真紀子《まきこ》が正職員の准看護師の職を見つけ、その病院の職員寮に入ることになった。そう伝える転居通知を受け取って以来、真紀子とも英知とも会う機会はなかった。

〈そうです。この少し先です〉

途中で声に切り替えてもいいはずなのに、どちらも自然に手話を続けた。

〈お母さんは元気？〉

〈元気です。相変わらず心配性ですけど〉

英知はそう言って少し笑った。その顔の中に、ようやくあの頃の英知を見つけた。全く見違えた。胸の内でもう一度呟く。

彼らにとっての六年間とは、そういう時間なのだ。分かっていたはずなのに、時の重さを改めて思う。

ふっと、会話に間ができた。彼の方から美和の名が出るのを期待していたのだ。美和ちゃんは元気ですか？　美和ちゃんはどうしていますか？　しかし出なかった。仕方なく自分の方から伝える。

〈うちもみんな元気だよ。みゆきも、美和も〉

〈ええ〉英知が肯《うなず》いた。〈お子さんが生まれたんですよね〉

え、と驚いた。表情に出たのだろう。英知が、しまった、というような顔をした。

〈誰から聞いたの〉

英知が下を向いた。少しして顔を上げると、〈僕から聞いたって、言わないでくださいね〉と言った。

仕事から戻ってきたみゆきに、夕食を仕込み中のキッチンから英知と会ったことを告げた。

「あら、そう」

彼女も意外そうな声で、「元気だった？」と応じる。

「ああ。すっかり大人っぽくなってた」

「そうね。もう中学生だものね……」

感慨深げに呟いた。みゆきもまた、荒井と同じようなことを思っているのだろう。

子供部屋のドアが開く音がした。

「おかえりなさい」

出てきた美和は小さな声で言うと、リビングに向かった。

「ただいま」

娘に応えてから、みゆきは荒井に向かって「珍しいわね」と小さな声で言った。

「ああ、そうだな」

いつもは夕飯が始まるギリギリの時間まで、一人部屋でスマホをいじっているのだ。美和を目で追うと、リビングに入り、好きなテレビ番組を観ている瞳美の横に腰を下ろした。

「私の方も、ちょっと報告があるの」

みゆきは、着替えに向かわずにそのままダイニングの椅子に腰を下ろした。

「何」

荒井もキッチンを離れ、ダイニングへと移動する。

「辞令が出た。来月、飯能署に異動」

「……そうか」

「まあ近いし、瞳美の送りも今まで通りできるから」

荒井は黙って肯いた。そうはいっても、環境が変われば順応するのに時間がかかることだろう。彼女の気苦労が増えることを思うと、あまり喜べなかった。

「飯能署か……」

呟いてから、そのことに思い当たった。

みゆきが、ちらりと荒井のことを見て、「何森さん」と言った。

「確か飯能署だったわよね」

「……そうだな」

みゆきが、小さく肩をすくめるような仕草をした。

彼女が、何森とそりが合わないことは知っていた。いや、何森がみゆきのことを苦手にしているのか。昔、同じ署に勤務していたことはあったが、あの頃は交通課と刑事課でほとんど接点はなかった。だが今度は、同じ部署――。

「大丈夫、仲良くやるから。刑事としては大先輩だし」

みゆきが、荒井の心中を察したように言う。

「といっても今は階級は同じだから、そんなに遠慮することもないけど」

思わず苦笑した。言葉通り、彼女はおそらく遠慮なく何森に接することだろう。みゆきから不躾《ぶしつけ》に迫られて閉口する何森の顔が目に浮かんだ。

その時、リビングから瞳美が出てきて、荒井とみゆきに向かって〈こっちきて〉と手招きをした。

〈おねえちゃんが、はじまっちゃうよって〉

〈始まるって、何が?〉みゆきが訊く。

そうか、もうそんな時間か。時計を見て立ち上がった。

〈はやく!〉

〈なーに?〉

尋ねるみゆきに、瞳美が〈テレビ!〉と指さしリビングへと戻っていく。

〈テレビがどうしたの?〉

怪訝そうに応えながら、みゆきも続いた。

リビングに入った瞳美は、跳ねるようにしてテレビの前の美和の隣へと尻を落とす。

〈誰か出てるの?〉

みゆきが訊くのに、美和は黙ってテレビを指さした。

夕方のニュース番組の時間だった。「今週のイチオシ」というコーナーがあり、話題の人物や食べ物、人気スポットなどがピックアップされ、紹介される。

【そのコーナーに出演します。良かったら見てください】

少し前に、そうメールがあった。

【ようやく自分のしたいことを見つけられた気がします】

昨日、そのことを美和にも伝えておいたのだ。美和からは「へえ」と興味なさそうなリアクションしか返ってこなかったのが、今はじっと画面を見つめている。

「あら、この人……」

みゆきが驚いた顔で荒井のことを見た。

女性アナウンサーのインタビューに答える男性の手と顔の動きに合わせ、字幕が出る。

〈はい、事前にテキストは配布しますけど、字幕や通訳はつけません。東京に戻ってきて、来週、ライヴをやるんです。お客さんが来てくれるか不安ですけど〉

その言葉とは裏腹に、浮かべた笑みには自信があふれていた。

テロップで男性のプロフィールが紹介される。

『HAL　モデル・俳優を経て、「サイン・ナラティブ」という新しいジャンルを開拓。手話による詩や物語の朗読を行いながら全国を行脚中《あんぎやちゆう》』

「それでは、HALさんのパフォーマンスをご覧いただきます。ライヴと同じように字幕は出ません。HALさんの全身から『言葉』を感じてください」

背後の明かりが落ち、HALにスポットが当たった。HALの手が、顔が、体が動き出す。

字幕は出ずとも、彼が何を語っているのかは、すぐに分かった。

今、HALがCL《シーエル》とロールシフトを駆使し、情感をこめて語っているのは、一篇の詩だ。

大正時代から昭和初期にかけて活躍し、今も多くのファンを持つ女性詩人の代表作である童謡詩を、HALが全身で表現していた。

〈鳥〉という手話から、いつの間にかHAL自身が鳥になり、大空を羽ばたいていた。かと思えば、地面を走る人になり、きれいな音を鳴らす鈴になっていく。

自分はネイティブではないから、とどこか自信なさげだったHALの姿は、もうそこにはなかった。口話か手話かの間で揺れていた、かつての彼ではない。

食い入るように画面を見つめていた美和の手が、自然に動いていた。ＨＡＬを真似して、手を、顔を——ついには立ち上がり、全身を動かしていく。

隣で見ていた瞳美も、立ち上がって嬉しそうにそれを真似る。

〈あたしもとべるよ！〉

二人とも大きく翼を広げ、ＨＡＬと同じく鳥になる。

〈お姉ちゃんの方が遠くまで飛べるよー〉

〈あたしのほうがとべる！〉

美和と瞳美は競い合うようにして翼をはばたかせ、互いを見合って楽しそうに笑い声を上げる。

その姿を、みゆきが目を細めて見つめていた。

大丈夫——。

荒井は、英知からもらった言葉を思い出す。

〈僕から聞いたって言わないでくださいね〉

英知は、少しバツの悪そうな顔で、言った。

〈美和ちゃんとは、ＬＩＮＥでたまに連絡を取り合ってるんです。会ってはいないですけど。妹さんが生まれたことも聞きました。瞳美ちゃんって言うんですよね。すっごい可愛いって〉

意外だった。二、三年前までは英知の名が話題にのぼることもあったが、最近はそんなこともなくなっていたのだ。そうか、美和は英知と連絡をとっていたのか——。

〈いろいろ心配でしょうけど……〉

そう言ってから、英知は、指を軽く曲げた両手を上下にして胸の辺りに二度ほどつけ（＝心配）、脇の辺りに指先をつけた両手を前に払うようにすると同時に「ぷっ」という口型《こうけい》をつくった（＝いらない）。

〈大丈夫ですよ、美和ちゃんは〉

荒井のことを励ますように、そう言った。

〈荒井さんからはどう見えるか分からないけど、僕から見れば、美和ちゃんは昔のままの美和ちゃんです〉

本当に大人びたことを言う。可笑《おか》しくなると同時に、胸の中が温かいもので満たされるのを感じた。

美和にも、いたのだ。心を開ける相手が。

目の前では、瞳美と美和の競い合いがまだ続いていた。

〈瞳美、おいで、もっと高く飛ぶよ！〉

〈まって、おねえちゃん、あたしもつれてって！〉

二羽の鳥が、大空へ羽ばたいていく姿が、荒井にはしっかりと見えた。

あとがき

本作をすでにお読みの方には、ずいぶんと年数が飛ぶ小説だな、と思われた方もいると思う。これは、一作目から二作目の間に執筆の空白期間がかなり長くあったことで、現実の時の流れに追いつくためにそうせざるを得なかったという事情によるものだが、結果的に、荒井家の六年間、子供たちの成長の過程を描くことにもなった。各話で描いたエピソードも含め、小説というものは作者の意図しないところで生きていくものなのだと改めて感じ入った次第である。

今回もまた、新たな出会いや多くの方のお力添えを得て、本作を完成させることができた。毎回言い訳めいた「あとがき」を付すのが通例のようになってしまいお恥ずかしい限りではあるが、この場を借りて、各話の補足とお世話になった方々への謝辞を記させていただくことをご容赦いただきたい。

全編を通し、ろう文化や手話表現については、私が通っている手話教室の講師である小倉友紀子先生、越後節子先生（お二人ともろう者）、手話通訳士である知人の仁木美登里さん、たかはしなつこさんにご指導いただいた。とはいえ全てをチェックしてもらっているわけではなく、記述に誤りがあればすべて作者である私の責任です。

警察・法律関係、裁判場面については、前作に続き弁護士の久保有希子先生にご教示いただだいた。また、手話のできる弁護士であり美和と同じくＳＯＤＡ《ソーダ》（聴覚障害者のきょうだい〈兄弟姉妹〉を持つ人のこと）である藤木和子先生からも多くの教えを受けた。

第１話「慟哭は聴こえない」における医療通訳の問題点については、手話通訳士であり手話医療通訳士を実現させるために奮闘されている寺嶋幸司さんにサジェッションをいただいた他、ＮＰＯ法人インフォメーションギャップバスター主催による医療通訳シンポジウムにおいて多くの示唆を受けた。なお、「聴覚障害者のための緊急通報」に関しては、二〇一八年より警視庁でスマホや携帯電話に対応した一一〇番アプリが導入されるなど、一部自治体においては運用され始めている。また、Ｎｅｔ一一九緊急通報システムについても少しずつ導入され始めているが、二〇一八年末の総務省の発表によればまだ二割弱の管轄区域にとどまっており、全ての区域への普及が強く望まれている。

第２話「クール・サイレント」に登場するＨＡＬについては、直接のモデルではないものの、「無音から生まれる音楽」を描いた映画『LISTEN　リッスン』の共同監督である牧原依里さん、写真家であり『声めぐり』『異なり記念日』などの著作を持つ齋藤陽道《はるみち》さんという二人の若きろう者クリエイターとの出会いがなければ生まれなかったキャラクターだった。敬意をこめて、ＨＡＬの本名（牧野晴彦）にお二人の名前の一部を拝借した。

第３話「静かな男」に登場する「水久保手話」は、愛媛県宮窪《みやくぼ》町で代々使われている「宮窪手話」をモデルにし、宮窪出身のろう者である矢野羽衣子さんの研究内容を参考、一部引用した他、ＮＨＫＥテレで放送された『ろうを生きる　難聴を生きる「故郷の手話を守りたい」』

も参考にした。ただし、出てくる人物・場所・出来事などはフィクションであり、事実とは異なる。矢野さんには宮窪手話について直接にもご教示いただき、心より感謝申し上げます。

第4話「法廷のさざめき」で描いている「聴覚障害者が雇用差別で会社を訴えた民事裁判」も、実際にあった裁判事例をモデルにしているが、原告・被告の設定ならびに裁判の過程については全くのオリジナルであり、現実のものとは異なる。ろう者の進学・就労については、NPO法人シアター・アクセシビリティ・ネットワーク（TA-net）理事長の廣川麻子さんにアンケートへのご協力を依頼した他、友人のろう者である飯野えみさん、はるかさんからもお話をお伺いした。アンケートにお答えいただいた皆さまには、この場を借りて深く御礼申し上げます。

同じく4話に登場する恵清学園は、実在する私立の特別支援学校「明晴《めいせい》学園」（東京都品川区）をモデルにしているが、こちらもまた現実の学園とは異なるものであることをご承知ください。取材の過程で、ろう児を持つ聴者の母親のお一人から個人的に「育児日記」を見せていただく機会があった。びっしりと書き込まれた内容を本作に取り込むことは叶わなかったが、育児の苦労や不安以上に、日々の発見や喜びにあふれていたことを記しておきたい。

一人のろう者の知り合いもおらずに書いていた一作目の時に比べ、このように恵まれた現在の環境には感慨を禁じえない。知識や情報は以前と比較できないほど増え、書きたいこと、書かなければならないと感じることは山と積まれている。その一方で、知ったがゆえに生じた葛藤も少なからずある。当事者ではない私がこういう作品を書き続けていいのだろうか、という迷いが生まれた場面もあった。
そうは言いながら、この作品が多くの人の目に触れ、また新しい彼らの物語を書く機会を与えられることを心待ちにしていることも確かだ。これから荒井がどんな出来事に遭遇し、美和や瞳美がどのように成長していくか、一番楽しみにしているのは私なのかもしれない。

付記
いつも記していることではあるが、聴覚障害者をめぐる状況は日々変化している。本作に関して言えば、表題作である「慟哭は聴こえない」の中に出てくる「聴覚障害者のための緊急通報システム」の進歩に顕著だ。
何よりの朗報は、今までは民間の財団がモデル事業として運営していた「電話リレーサービス」（聴こえない人と聴こえる人の電話を手話・文字通訳のオペレーターが結ぶシステム）が、二〇二一年七月より公共サービスとしての運用が始まったことだろう。二十四時間三百六十五日、双方向で利用することができ、今まではできなかった一一〇番や一一九番といった緊急通報も可能になった。
単行本「あとがき」でも触れている警察・消防独自の通報システムもその範囲を広げている。警察庁によるスマートフォン等を利用した緊急通報「一一〇番アプリ」が二〇一九年九月二十五日から運用開始となり、全国どこからでも利用できるようになった。スマートフォンからの位置情報を基に、通報場所を管轄する警察本部につながる仕組みのようだ。Ｎｅｔ一一九緊急通報システムについても、導入済み及び二〇二一年度末までに導入予定の消防本部数が、全国七二四本部中六一〇本部となった（総務省消防庁ＨＰ　二〇二一年六月一日現在）。

ろう者が活躍する場も確実に増えている。本書が刊行される二〇二一年十二月には、第三回東京国際ろう映画祭が開催されているはずだ。十九の国と地域から応募のあった作品の中より選ばれた十一の公募上映作品のうち、九作品はろう者と難聴者、ＣＯＤＡが監督しているという。本作の一編である「クール・サイレント」中に願望を込めて記した『「聴こえる」「聴こえない」の垣根を越え、自分の言葉であますことなく世の中に思いを伝え、正当に評価される』時代は現実のものとなりつつある。

一方で、良い変化ばかりではないのも事実だ。コロナ禍となって、ろう者や障害者を巡る環境がますます厳しいものになっていることは否めない。その辺りの事情を、シリーズ第四弾『わたしのいないテーブルで』（東京創元社）で描いた。本作を読んで荒井の家族を含め彼らのことに興味を持ってくださった方は、是非そちらも手に取っていただければ嬉しい。

解説

池上冬樹

なんと温かで、切ない連作であることか！　ひとつひとつの場面がこまやかで、繊細で、複雑で、奥が深い。手話通訳士の視点から描くろう者たちの苦悩の物語が、読む者の心をはげしく揺さぶるのだ。

本書『慟哭は聴こえない　デフ・ヴォイス』が単行本で刊行されたとき、すぐに読んで感動し、感動をともにしたくなって、創作を教える大学の授業でテキストとして、表題作「慟哭は聴こえない」を使った。嬉しいことに、妊娠したろう者の妻と夫の困難を捉える表題作は、学生たちの心をも動かした。ろう者の世界という僕たちの知らない実情が描かれてあり、障害者差別やマイノリティの問題を深く考えさせられたからである。もっと読ませてくれ、シリーズの展開はどうなっているの？　丸山正樹の著作にはどんな作品があるの？　という声も学生から寄せられたのだが、おそらく本書を読まれた読者もまた、そういう興味と疑問を抱くのではないか。もうシリーズのファンが数多くついているけれど、あらためて丸山正樹の著作リストを作ってみよう。

1・『デフ・ヴォイス』（二〇一一年七月、文藝春秋）
↓改題『デフ・ヴォイス　法廷の手話通訳士』（二〇一五年八月、文春文庫）
2・『漂う子』（二〇一六年十月、河出書房新社）↓（二〇一九年十一月、文春文庫）
3・『龍の耳を君に　デフ・ヴォイス新章』（二〇一八年二月、東京創元社）
↓改題『龍の耳を君に　デフ・ヴォイス』（二〇二〇年六月、創元推理文庫）
4・『慟哭は聴こえない　デフ・ヴォイス』（二〇一九年六月、東京創元社）
↓（二〇二一年十二月、創元推理文庫）※本書
5・『刑事何森《いずもり》　孤高の相貌』（二〇二〇年九月、東京創元社）
6・『ワンダフル・ライフ』（二〇二一年一月、光文社）
7・『わたしのいないテーブルで　デフ・ヴォイス』（二〇二一年八月、東京創元社）

1は丸山正樹のデビュー作で、デフ・ヴォイス・シリーズの第一作。元警察事務職員の手話通訳士である荒井尚人は、耳が聴こえない両親から生まれた耳の聴こえる子供（コーダ）で、ろう児施設の理事長殺しで行方を追われているろう者の事件に関わっていく。文庫化されたときに「多くの人には新知識の連続だと思う。世に問う**値打ち大あり**である」という山田太一の推薦文の帯がついた。3の文庫解説で文学紹介者の頭木弘樹さんが直接山田太一氏のところを

訪ねた体験を語り、『デフ・ヴォイス』について、「面白く読みました。この人は他の人がやっていないことをやってますよね。たいした人だと思います」という山田氏の言葉を紹介している。頭木さんも書かれているが、山田太一（戦後の日本を代表する偉大な脚本家・小説家）はめったに推薦文を寄せないから、店頭で見たときは僕も驚いた。

2は、単発の作品で、作者にとっては「第二のデビュー作」である（詳しくは後述）。

3は、デフ・ヴォイス・シリーズの第二作で、文庫化されたときに「丸山さんのこのシリーズを読むと、昨日まで見えていたのと世界が変わる。あなたにも、どうかその世界の中で、彼らの「声」を聴いてほしい」という辻村深月の賛辞がついた。山田太一と辻村深月が推すシリーズなど今後も生まれないだろう。4が本書である（後述）。

5は、シリーズの重要なキャラクターである刑事何森のスピンオフ作品。車椅子利用者の女性宅で起きた「二階の死体」、刑事の言いなりになる〝供述弱者〟の自白を追及する「灰色でなく」、記憶を失ったまま服役していた強盗犯と対峙する「ロスト」の三作からなる。「二階の死体」以外はいずれもデフ・ヴォイスもののヒーロー、手話通訳士荒井尚人の妻で、刑事の荒井みゆきが何森の相棒となるので、ファンにはたまらない作品である。なかでも二百頁弱の「ロスト」は二転三転の展開で読ませる。記憶障害は演技なのかそうでないのかを見極める話だが、荒井の家族の物語と何森自身の悲痛な過去をからめて、ラストの手話のやりとりで一気に盛り上げる。行間に美しい情感がこめられた忘れがたい作品だ。

忘れがたいといえば、6もそうだろう。ノン・シリーズで、障害者差別と救済をテーマにしていて、相変わらず人物たちはもがき苦しんでいる。ここでは四つの物語が並行していく。事故による頸髄損傷《けいずいそんしょう》で寝たきりの妻を介護する「わたし」の話、一年限定で妊活に励もうとする設計士と編集者の夫婦の話、上司と不倫関係にある広告代理店勤務の女性の話、そして脳性麻痺の青年が障害を隠して女子大生とパソコン通信で交流する話である。デフ・ヴォイス・シリーズは、ジャンルとしては広義のミステリに入るもののミステリとしての仕掛けは少ないが、6にはトリッキーな仕掛けが施されていて、ラストの「年表」で驚くことになる。叙述トリックを使ったためざましいミステリであり、文芸的な社会派ミステリとしても注目だろう。

そして7は、シリーズの最新作で、家族が一堂に会する冒頭の場面には、ファンは感無量になるだろう。荒井の家族のみならず、みゆきの母も、兄一家も集まり、あらたに誕生した子供のクリスマスを祝うのである。刑事何森のほかにも3で大きな役割を担った新開や英知君、1の事件関係者たちもみな登場してくる。ろう者の娘が聴者の母親を刺すというメインの事件追及では、聴覚障害者をめぐる熱い葛藤が繰り広げられる。とくに「ディナーテーブル症候群」、つまりろう者が聴者の家族の会話に充分に参加できず、疎外感を覚える状態を様々な角度から掘り下げられており、胸をつかれてしまう。

振り返ってみれば、デビューして十年で七作は少ないだろう。特に二作目まで五年もかかっているのも珍しい。『デフ・ヴォイス』は二〇一一年度第十八回松本清張賞の最終候補作（受賞作は青山文平『白樫の樹の下で』）で、「松本清張賞　受賞作・候補作一覧」（https://

prizesworld.com/prizes/novel/sich.htm#list018）を見ると、丸山正樹は二〇〇五年三月にオール讀物新人賞、九月にオール讀物推理小説新人賞、〇七年三月にオール讀物新人賞の候補になっているから、賞には縁がないと見る人もいるかもしれないが、作家としての自力をつけさせるための神の計らいだろう。受賞しても作品を生み出せず、消えていく作家の何と多いことか。落選したにもかかわらず、受賞作の青山文平『白樫の樹の下で』と同時期に文藝春秋から出版されたが、2が出るまで結果的に五年かかった。

2は、作者自身が文庫の後書きで述べているが（繰り返しになるが）、「第二のデビュー作」である。「デビューしてからコツコツと長編小説を書いては出版社に持ち込んでいた」がボツの繰り返しで、鬱気味となり心療内科に通ったりしながら書き上げた小説で、「この作品を読んだ各社の編集者から声がかかり」、デフ・ヴォイス・シリーズを含め、新しい作品を世に出すことができたという。物語は、フリーカメラマンの二村《にむら》が、失踪した少女の行方を追う話である。恋人が小学校の教師で、教え子の紗智《さち》が父親とともに姿を消したために、恋人にかわって名古屋へと向かい、「居所不明児童」という社会の闇を探ることになる話で、デフ・ヴォイスものではないが、シリーズの主要登場人物である何森刑事がラスト近くにカメオ出演している。単発作品であるが、シリーズの一作目と二作目の「間の出来事と考えていただければ幸いである」と後書きで記しているのは、物語のサブテーマが「親になるとはどういうことなのか」と二村が迷い、家族をもつことを決意する話でもあるからだ。

といえば、ファンなら納得するだろう。シリーズ二作目の3の物語こそ、荒井とみゆきが同居をはじめ、家族として生きていく決意をかためる話だからである。いわば2は3の助走でもある。もちろんメインとなるのは、居直り強盗として逮捕されたろう者の事件（「弁護側の証人」）、ろう者同士の恐喝・詐欺事件（「風の記憶」。ここに新開が出てくる）、そして荒井の娘、美和の同級生で場面緘黙症《かんもくしょう》の男児（英知）が殺人事件を目撃する話（「龍の耳を君に」）であるけれど、ろう者に関わる事件そのものが荒井の人生と私生活に影響を与えるというシリーズの特徴からいっても、手話通訳士としての事件は他者の事件ではない。デフ・ヴォイス・シリーズが傑出しているのは、傍観者としてではなく当事者として事件に関わらざるをえないような状況へと持ち込んでいく点だろう。

　そして本書である4となる。シリーズ第二作の3と同様、本書も連作形式で、妊娠したろう者の妻と夫の悲劇をみすえる表題作、ろう者の俳優の苦悩を捉える「クール・サイレント」、行き倒れたろう者の人生を辿る「静かな男」、そして会社内での障害者差別をめぐる裁判劇「法廷のさざめき」の四篇から成る。シリーズ三作目であるが、本書からシリーズに入っても問題はないと思う。いやむしろ、聴覚障害者たちの苦悩と葛藤、それから荒井が抱えている家族の問題が凝縮されていて、シリーズの特徴がよく出ている。みゆきと美和のみならず、ようやく荒井の兄一家も登場して、親族であるのに、ろう者と聴者の対立や葛藤が生々しく切々と語られる点も、初めての読者には極めて印象深いだろう。

　特に本書では、兄の息子である（荒井には甥にあたる）司の存在が大きい。兄一家の経済的な事情と兄の旧弊な信念も浮かび上がらせて、司の進路選択の迷い、学校でのいじめ、非行などが、本書を貫くサブストーリーとなる（余談になるが、シリーズ四作目の7では頼もしい司の成長ぶりを見ることができる）。

シリーズの入門書としていいというのは、もうひとつ、第三話「静かな男」の視点が刑事何森であることで、荒井は完全な脇役になるからだ。2のノン・シリーズに無理矢理登場させたり、スピンオフの5を書いたりと、作者が何森になみなみならぬ愛着を抱いているからだが、5が出来たのは、やはり本書4での「静かな男」の手応えがあったからだろう。ホームレスのろう者の人生を丁寧にたどっていく過程もいいし、ゆっくりと浮かび上がってくる男の悲しい人生がしみじみと目に見えるように描かれてある。何森の視点にした「主たる狙いは主人公の荒井を一度外側から描いてみたいというものだったが、結果的には何森は十分に主役としての働きをしてくれ、周囲からの評価も上々だった。そこでいよいよ彼を主人公とした短編連作を、という運びとなった次第である」と5の成立を、5の後書きで述べている。

デフ・ヴォイス・シリーズは、ろう者の両親から生まれた耳の聞こえる荒井が様々な事件を通して、ろう者と聴者のつながりを摑もうとする物語である。題材が題材だけに、聴覚障害者というマイノリティの人々の物語として語られているけれど、僕にいわせれば、これは苦悩者の物語である。辻村深月が「このシリーズを読むと、昨日まで見えていたのと世界が変わる」と評したように、聴覚障害者たちと彼らを繫ごうとする者たちの苦悩がしかと捉えられてあるからだが、同時に、いままで見ることがかなわなかった豊かな世界をまのあたりにすることにもなる。世界観を一変させる眼差しがある。

冒頭の大学の話に戻り、創作の観点から述べるなら、主人公である荒井尚人の職業、つまり手話通訳士の職業小説という視点も忘れてはならないだろう。純文学はともかくエンターテインメントでは、とりわけ主人公の職業の選択が重要になる。手垢のついていない題材や主題を生みだす意味でも、どんな職業につかせるのかを考えなくてはいけないのだが、その点でも、デフ・ヴォイス・シリーズは参考になるだろう。主人公の私生活の変転というサブプロットが、時にメイン・ストーリーやメイン・テーマにも絡みだして、悲しみ、怒り、喜びなどがいちだんと際立つ点も、優れて魅力的である。

おそらくシリーズ第三作の本書が文庫化され、デフ・ヴォイス・シリーズのファンはいっそう増えることになるだろう。繰り返しになるが、いきなり本書から読んでも問題はない。むしろ荒井の人生でもっとも大きな出来事が起こる第一話から惹きつけられるはずだ（学生たちが夢中になったように）。本書を読んだあとにさかのぼって読めばいいし、スピンオフの5やノン・シリーズに手をのばすのもいいだろう。もちろんシリーズの熱心な読者なら、早く第五作を書いてくれ！　という気持ちになる。荒井尚人の家族たちに早く再会したいのである。

本書は二〇一九年、小社より刊行された作品を文庫化したものです。

検印
廃止

著者紹介　1961年東京都生まれ。早稲田大学卒。松本清張賞に投じた『デフ・ヴォイス』（後に『デフ・ヴォイス　法廷の手話通訳士』に改題）でデビュー。同作は書評サイト「読書メーター」で大きく話題となった。

慟哭は聴こえない
デフ・ヴォイス

2021年12月10日　初版
2024年2月9日　再版

著者　丸《まる》山《やま》正《まさ》樹《き》

発行所　(株) 東京創元社
代表者　渋谷健太郎

162-0814/東京都新宿区新小川町1-5
電話　03・3268・8231-営業部
03・3268・8204-編集部
URL　http://www.tsogen.co.jp
フォレスト・本間製本

乱丁・落丁本は、ご面倒ですが小社までご送付ください。送料小社負担にてお取替えいたします。

ISBN978-4-488-42222-6　C0193